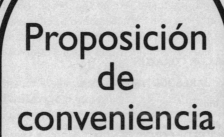

Proposición de conveniencia

Cathy Williams

HARLEQUIN®
Tiempo para ti™

NOVELAS CON CORAZÓN

Editado por HARLEQUIN IBÉRICA, S.A.
Hermosilla, 21
28001 Madrid

© 2001 Cathy Williams. Todos los derechos reservados.
PROPOSICIÓN DE CONVENIENCIA, Nº 1276 - 5.12.01
Título original: The Boss's Proposal
Publicada originalmente por Mills & Boon, Ltd., Londres.

I.S.B.N.: 84-396-9191-2
Depósito legal: B-42805-2001
Editor responsable: M. T. Villar
Diseño cubierta: María J. Velasco Juez
Fotomecánica: PREIMPRESIÓN 2000
C/. Matilde Hernández, 34. 28019 Madrid
Impresión y encuadernación: LITOGRAFÍA ROSÉS, S.A.
C/. Energía, 11. 08850 Gavá (Barcelona)
Fecha impresión Argentina:1.4.02
Distribuidor exclusivo para España: LOGISTA
Distribuidor para México: INTERMEX, S.A.
Distribuidores para Argentina: interior, BERTRAN, S.A.C. Vélez
Sársfield, 1950. Cap. Fed./ Buenos Aires y Gran Buenos Aires,
VACCARO SÁNCHEZ y Cía, S.A.
Distribuidor para Chile: DISTRIBUIDORA ALFA, S.A.

Capítulo 1

AH, sí, la señorita Lockhart! –la saludó, sonriente, una mujer de mediana edad y aspecto muy cuidado, procedente de las puertas de cristales ahumados que daban al impresionante vestíbulo de Paxus PLC–. Me llamo Gerardine Hogg, y soy la encargada del grupo de mecanógrafas –se presentó, estrechando la mano de Vicky con fuerza–. Aquí tengo su solicitud de empleo, querida –le dijo, mostrándole unos documentos grapados–, y se va a llevar una sorpresa.

Al oír aquello, a Vicky le dio un vuelco el corazón. No le gustaban las sorpresas, y no se había pasado media hora luchando con los atascos de la hora punta para tener que enfrentarse a una. Se había presentado al puesto de mecanógrafa en Paxus PLC porque el sueldo que le ofrecían era magnífico, y aunque no ofrecía ninguna perspectiva de futuro, al menos era el tipo de trabajo de confianza que le permitiría poner su casa en orden, sin ningún tipo de presión.

–Y ahora querida, ¿por qué no viene a mi despacho para que le explique todos los detalles? –le dijo Geraldine Hogg, con la típica voz afectada de alguien educado en colegio privado. Hablaba con firmeza, sin resultar agresiva, y Vicky tuvo la sensación de que podría trabajar bien con ella–. Debo decir que me parece demasiado cualificada para el trabajo que ha solicitado –le dijo mientras caminaban por un pasillo enmoquetado con despachos a ambos lados, y Vicky intentó reprimir un suspiro de decepción.

–Soy una trabajadora muy tenaz, señorita Hogg –dijo Vicky mientras se esforzaba por seguir el paso acelerado de la otra mujer. De repente, se dio cuenta de que se le estaban escapando unos mechones del recogido con el que pretendía tener bajo control sus rizados cabellos. Aquel trabajo le interesaba mucho y no quería dar una mala impresión, aunque le resultaba casi imposible parecer una mujer madura y sofisticada con aquel pelo de color dorado rojizo tan rebelde y la cara llena de pecas.

–¡Ya hemos llegado! –Geraldine Hogg se detuvo bruscamente a la puerta de una de las oficinas, y Vicky estuvo a punto de caer sobre su espalda–. Mis mecanógrafas trabajan ahí –le dijo, al tiempo que le señalaba una amplia sala frente a su despacho.

Vicky echó un vistazo a su interior, imaginándose cómo sería trabajar allí.

Su último trabajo en Australia no había tenido nada que ver con aquello. Había sido una de las secretarias personales del director de una empresa muy importante.

–Pase, pase. ¿Té? ¿Café? –le indicó una silla, delante de su mesa, y esperó a que Vicky se sentara antes de llamar a una jovencita para que les llevara algo de beber–. Le recomiendo el café, querida. No es instantáneo.

–Sí, gracias. Me tomaré una taza –le dijo Vicky, desfallecida por la velocidad a la que su futura jefa la había llevado hasta su despacho–. Con leche y sin azúcar. Gracias.

–Y ahora, le voy a hablar de la pequeña sorpresa que le tengo reservada –le dijo Geraldine. Tenía los codos apoyados sobre la mesa, las manos cruzadas, y miraba a Vicky fijamente con la cabeza ladeada–. Primero déjeme decirle que me ha impresionado mucho su currículum. ¡Tiene usted muchas titulaciones! –enumeró alguna de ellas, como para que Vicky se diera cuenta de que estaba demasiado preparada para el trabajo que había solicitado–. ¡La empresa para la que trabajó anteriormente debe de haber estado encantada con usted!

–Me gustaría pensar que ha sido así –empezó a decir Vicky con una sonrisa, encantada de que entrara la chica con los cafés.

–¿Por qué decidió marcharse de Australia? –le preguntó Geraldine con ojos inquisidores, pero, antes de que Vicky pudiera responderle, dijo–: ¡No! ¡No hace falta que me responda! Le informaré del trabajo que tendría que hacer en nuestra empresa. Para empezar, debo decirle que pensamos que estaría desaprovechada trabajando como mecanógrafa...

–¡Ah! –Vicky luchó por contener las lágrimas. Desde que había llegado de Australia, la habían rechazado en dos trabajos por la misma razón que estaba exponiéndole Geraldine en aquel momento, y a no ser que consiguiera un trabajo estable, pronto se encontraría con serios problemas económicos.

–Pero, por suerte –continuó Geraldine con satisfacción–, tenemos algo mejor que ofrecerle, así que no tiene por qué poner esa cara de decepción. Nuestro director general necesita una secretaria personal y, aunque usted es un poco joven para el puesto, está sobradamente cualificada, por lo que me he permitido presentar su candidatura para el puesto. El salario que recibiría sería el doble del puesto en el que solicita ser admitida.

–¿Trabajar para el director general?

Aquello le pareció a Vicky demasiado bueno como para ser cierto.

–La llevaré a verlo ahora. No le garantizo que vaya a conseguir el trabajo, pero su experiencia laboral jugará en su favor.

Vicky pensó que todo aquello debía de ser un sueño, y de un momento a otro se despertaría. Al ver el anuncio en el periódico, le había sonado el nombre. Shaun, en una de las tantas veces que le había gustado darse importancia, la había mencionado como una de las muchas empresas que poseía su familia. Le había costado mucho responder al anuncio, porque guardaba un pésimo recuerdo de su relación con Shaun, pero la curiosidad de ver una de las empresas que conformaban la dinastía de los Forbes y el espléndido salario que ofrecía acabaron por decidirla.

Miró a su alrededor con curiosidad al llegar al tercer piso. La decoración era lujosa y cuidada con mimo. Las plantas artificiales, habituales en las empresas importantes, habían sido sustituidas allí por orquídeas y rosas naturales que no debían de ser fáciles de mantener.

–Espero que no le haya importado subir por las escaleras –le dijo Geraldine–, pero es que no puedo soportar los ascensores. Además un poco de ejercicio nunca viene mal.

Vicky asintió mientras seguía mirando a su alrededor. Le costaba imaginarse a Shaun en un entorno tan eficiente y bien organizado como aquel. Trató de no pensar en él, y concentrarse en la conversación de Geraldine, que parecía centrada en elogiar los logros del imperio Forbes, del cual Paxus PLC no era más que una empresa satélite, aunque estaba creciendo a muy buen ritmo. Se preguntó si mencionaría a Shaun o al hermano que vivía en Nueva York, pero no lo hizo. Se limitó a seguir hablando de la buena trayectoria de la compañía.

–Llevo trabajando veinte años para la empresa. En principio, pensé dedicarme a la enseñanza, pero me lo pensé mejor, y nunca me he arrepentido de trabajar aquí –le confió. Vicky pensó que la conversación iba a empezar a ser más personal pero, de repente, se detuvo ante una puerta, y llamó con seguridad.

–¡Sí!

Como por arte de magia, el rostro inexpresivo de Geraldine se tornó de color rosáceo, y cuando abrió la puerta, y asomó un poco la cabeza, su voz sonó aflautada.

–La señorita Lockhart está aquí, señor.

–¿Quién?

–La señorita Lockhart.

–¿Ahora?

Vicky miró azorada al cuadro abstracto que estaba colgado en la pared frente a ella, y se preguntó si aquel trabajo «sorpresa» también sería una sorpresa para el hombre en cuestión, o los directores generales eran unos maleducados.

–Le informé la semana pasada –dijo Geraldine con su voz habitual.

–Hazla pasar, Gerry, hazla pasar –al oír estas palabras, Geraldine abrió por completo la puerta, y se hizo a un lado para dejar pasar a Vicky.

El hombre estaba sentado ante una enorme mesa, en un sillón giratorio de piel, que había apartado un poco para poder estirar las piernas a gusto.

Por encima del los latidos de su corazón, Vicky consiguió oír la puerta cerrarse tras de ella, y se encontró en medio de aquel enorme despacho igual que un pez al que hubieran abandonado en medio del desierto. Le costaba respirar, y no se atrevía a mover un músculo, porque si lo hacía, se temía que las piernas pudieran fallarle.

Lo que vio delante de ella le pareció una pesadilla: aquel pelo negro, el rostro anguloso, aquellos ojos grises, tan peculiares.

–¿Se encuentra usted bien, señorita Lockhart? –le preguntó él con impaciencia, sin mostrar la más mínima preocupación–. Parece como si estuviera a punto de desmayarse, y la verdad es que no tengo tiempo de ocuparme de una secretaria desmayada.

–Estoy bien, gracias –le respondió, pensando que no mentía, porque bastante bien estaba para la impresión tan fuerte que se había llevado. Por lo menos era capaz de mantenerse en pie.

–Entonces, siéntese –le señaló una silla que había frente a él–. Me temo que se me pasó por completo que iba usted a venir hoy... Su solicitud está por aquí... perdone un momento...

–No pasa nada –dijo Vicky, que por fin parecía haber encontrado la voz–. De hecho, no merece la pena que malgaste su tiempo entrevistándome. No creo ser la persona adecuada para este tipo de trabajo.

Lo único que deseaba era salir de allí lo antes posible. El pulso le latía precipitadamente, y se notaba la cara ardiendo.

Aquel hombre no le respondió de inmediato. Dejó de buscar un momento el currículum y la observó con curiosidad.

–¿Ah, sí? ¿Y eso por qué? –se puso de pie, y apoyó su cuerpo musculoso contra la ventana que había tras la silla, para observarla mejor.

Vicky trató con todas sus fuerzas de encontrar una excusa válida para haber ido a una empresa a solicitar un trabajo y, de repente, querer marcharse a toda prisa, pero no se le ocurrió nada.

–Parece usted un poco nerviosa –le dijo mientras la observaba como un depredador a su presa–. ¿No será una de esas personas neuróticas?

–Sí –se apresuró a responder Vicky, agarrándose a aquello como a un salvavidas–. Muy neurótica. No le serviría para nada a un hombre como usted.

–¿Un hombre como yo? ¿Y qué tipo de hombre es ese? –Vicky se limitó a bajar los ojos. La respuesta que le hubiera dado no le habría gustado–. Siéntese, por favor. Está usted empezando a interesarme, señorita Lockhart –esperó hasta que se hubo sentado, y después se quedó observándola un rato, como intentando averiguar lo que se le estaba pasando por la cabeza–. Ahora, cuénteme. Estoy empezando a pensar que aquí sucede algo de lo que no tengo ni idea.

–No sé lo que quiere decir.

–Bueno, lo dejaré pasar de momento –le dijo con condescendencia, advirtiéndola de que no iba a olvidar el asunto.

Vicky recordó, entonces, las palabras de Shaun diciéndole que su hermano Max se creía Dios, y que siempre se había considerado con el derecho de dirigir su vida. Se había referido a él cómo a un monstruo de egoísmo, que solo quería pisar a la gente, empezando por su propio hermano, al que había desacreditado tanto, que hasta el padre de ambos le había dado la espalda.

Cuando solicitó el trabajo, nunca habría imaginado que el destino la iba a hacer conocer a Max Forbes, porque sabía que llevaba años viviendo en Nueva York. Shaun podía haber sido una pesadilla, pero las pesadillas no nacían, se hacían, y el hombre que la estaba observando en aquel momento con frialdad seguramente había colaborado a que Shaun fuera así, lo que le hacía tal vez aún peor persona que él.

—Así que se declara usted neurótica pero, sin embargo —sacó una hoja de entre varias—, tuvo un empleo bastante importante en una empresa australiana, que dejó con muy buenas recomendaciones. Un poco extraño, ¿no le parece? ¿O tal vez sus neurosis estaban bajo control en aquel entonces? —Vicky no hizo ningún comentario, y observó los edificios de ladrillo rojo que se veían por la ventana—. ¿Le ha dicho Geraldine por qué está disponible este puesto de trabajo?

—No con detalle —respondió Vicky—, pero sinceramente no hay ninguna necesidad de que me dé explicaciones, porque ya he tomado la decisión de trabajar como mecanógrafa...

—Por supuesto, comprendo que no quiera comprometer su indudable talento consiguiendo un trabajo con excelentes perspectivas de futuro —ironizó.

Vicky lo miró desconcertada por el sarcasmo que notaba en su voz.

—En este momento tengo muchos asuntos que resolver –le dijo con vaguedad–, y no me gustaría aceptar un trabajo con grandes responsabilidades sin saber si voy a poder asumirlas.

–¿Cómo?

–¿Disculpe?

–¿A qué tipo de asuntos se refiere? –Max repasó el currículum de Vicky, y luego la miró.

–Bu... bueno –tartamudeó Vicky, sorprendida por lo directo de la pregunta–, acabo de regresar de Australia, y tengo que resolver muchos asuntos concernientes a... mi casa y en general a establecerme aquí...

–¿Por qué decidió marcharse a Australia?

–Mi madre... falleció... Pensé que el cambio me vendría bien... y la verdad es que conseguí trabajo en una empresa muy buena enseguida, y en seis meses me habían ascendido, así que al final me quedé más tiempo del que pensaba en un principio. Era más sencillo que regresar aquí y...

–¿Y afrontar su pérdida?

Vicky se asustó al intuir que aquel hombre había percibido algo. Shaun siempre le había parecido muy intuitivo. Tal vez fuera una cosa de familia.

–Le agradecería que termináramos esta entrevista ahora –se levantó y empezó estirarse el traje, cualquier cosa antes de mirar aquellos inquietantes ojos grises–. Siento haberle hecho perder el tiempo. Sé que usted es un hombre muy ocupado y su tiempo es oro. De haber conocido la situación, habría llamado para cancelar la cita. Como ya le he dicho, no me interesa aceptar ningún trabajo que pueda monopolizar mi tiempo libre.

–Las referencias –le dijo Max con frialdad, haciendo caso omiso del deseo de Vicky de abandonar el despacho– que le ha dado la empresa australiana son fabulosas –dijo a Vicky, que permanecía en pie, sin saber qué hacer–. Impresionantes de verdad, y más viniendo de parte de James Houghton, al que conozco muy bien.

–¿Lo conoce? –al oír aquello, Vicky presintió que varias catástrofes se le venían encima, y volvió a sentarse. No quería que Max Forbes llamara a su antiguo jefe en Australia. Allí había dejado demasiados secretos que no tenía la menor intención de revelar.

–Fuimos al colegio juntos, hace un millón de años –se levantó de su asiento, y se puso a pasear por el despacho, saliéndose a veces del campo de visión de Vicky. Esta pensó que, si lo estaba haciendo para desconcertarla, lo estaba consiguiendo–. Es un buen hombre de negocios, así que una recomendación suya cuenta mucho para mí –se quedó callado un momento detrás de ella, y Vicky sintió que se le ponía la carne de gallina–. ¿Dónde vivía?

–En Sidney. Mi tía tiene allí un apartamento.

–¿Y hacía mucha vida social?

–¿Con quién? –le preguntó con cautela. Hubiera preferido tenerlo en su campo de visión para ver la expresión de su cara.

–Con la gente de su trabajo –le preguntó, ya a su lado.

Por el rabillo del ojo, podía verlo apoyado en la pared, con las manos en los bolsillos y la cabeza inclinada hacia un lado, esperando con curiosidad sus respuestas, grabándolas en su cabeza para utilizarlas después contra ella. De repente, recordó que no habría un después porque, por poderoso que fuera, no podía obligarla a trabajar en su empresa. La idea de que pronto se habría marchado de allí la tranquilizó un poco, e incluso consiguió sonreír.

—A veces. Tenía muchos amigos en Sidney. La verdad es que los australianos son muy abiertos.

—Eso me han dicho. Desde luego mi hermano lo pensaba.

—¿Tenía un hermano allí? —preguntó Vicky, sintiendo que empezaba sudar de nerviosismo.

—Shaun Forbes. Mi hermano gemelo.

Vicky se sorprendió al oír aquello. Había estado con él casi un año y medio, y nunca le había dicho que el hermano que tanto detestaba era gemelo suyo. De repente, se dio cuenta de lo que tenía que haber sido para Shaun no haber alcanzado el éxito que había logrado su hermano gemelo.

Ver a Max Forbes le había causado una gran impresión. Era lo bastante parecido a Shaun cómo traerle un montón de recuerdos dolorosos.

—Creo que salía mucho, y era muy conocido en la sociedad de Sidney —le dijo, mientras se volvía a sentar a su mesa.

—Pues no me suena el nombre —acertó a decir Vicky.

Tuvo la sensación de que el diablo estaba jugando con ella. Desde su llegada a Inglaterra, no había tenido más que problemas. Los últimos inquilinos que habían vivido en casa de su madre la habían dejado muy deteriorada, y la agencia a través de la que se la había alquilado no quería hacerse responsable, así que además de encontrar trabajo, tenía que reformar la casa por completo.

Y además estaba Chloe.

Vicky cerró los ojos, y sintió náuseas.

–Me sorprende, porque James pasaba mucho tiempo en su compañía. Lo lógico es que hubiera coincidido alguna vez con él en la empresa –Vicky, incapaz de hablar, se limitó a negar con la cabeza–. ¿No? –dijo Max y volvió a mirar el currículum de Vicky–. Bueno, tal vez no. De todas formas, no creo que Shaun se hubiera fijado en usted.

Aquel comentario pareció aclarar las ideas de Vicky. Seguramente, no había querido insultarla, pero lo había hecho. Lo que él no sabía era que su hermano la había perseguido durante meses con flores y adulaciones, hasta que la convenció de que estaba destinada a salvarlo, a hacer de él una persona mejor, pero no había tardado mucho en caérsele la máscara, y dejarle ver la verdadera cara desagradable de aquel hombre.

–Muchas gracias –le dijo con frialdad.

–¿Por qué decidió irse de Australia, si tenía un trabajo tan bueno, y una vida social tan intensa?

Vicky sintió una punzada de miedo.

–Nunca tuve la intención de quedarme allí para siempre, así que hubo un momento en que decidí que era hora de regresar a Inglaterra.

Chloe. Todo había estado centrado en ella.

–¿Y solo ha tenido trabajos temporales desde que regresó? Pues tendrá que convenir conmigo en que el salario es muy bajo.

–Me las arreglo.

–¿Y está viviendo...? –dejó de mirarla y leyó en su currículum–... en las afueras de Warwick. ¿Está de alquiler?

–Mi madre me dejó la casa al morir, pero la he tenido alquilada durante los años que he pasado fuera.

Max apartó el papel, y se acomodó en su silla con las manos dobladas tras la cabeza, mirándola sin molestarse en disimular su curiosidad.

–Joven mujer, que acaba de regresar del extranjero y, sin duda, quiere reformar su casa rechaza un trabajo muy superior al que había solicitado en un principio. ¿Podría ayudarme a encontrarle una explicación lógica? Si hay algo que no puedo soportar son los misterios. En mi opinión siempre pueden resolverse, y adivine una cosa...

–¿Qué?

Vicky estaba como hipnotizada mirando sus ojos. Cuando conoció a Shaun fue lo primero que le llamó la atención. Tenía los ojos grises claros y el pelo muy negro, enmarcando unos rasgos perfectos. Era como un Adonis. Si hubiera tenido el más mínimo sentido común, no se habría quedado solo con el exterior, y a poco que hubiera ahondado en su interior, se habría dado cuenta de que era un ser débil, mezquino y cruel. Por eso se ponía enferma al sentir algo contemplando a su hermano gemelo.

–Siempre los consigo resolver –le dijo con una sonrisa peligrosa, que la hizo estremecerse.

Max Forbes era muy parecido a su hermano, pero a la vez muy diferente. Si Shaun la había cautivado por su belleza física, su hermano la había hipnotizado con su poder, y si Shaun había sabido siempre qué decir para llevarse a las chicas a la cama, Vicky se imaginaba que su hermano obtenía lo que deseaba, por el simple hecho de que decía lo que le venía en gana, sin preocuparse de los convencionalismos sociales o las consecuencias, y esa seguridad en sí mismo resultaba irresistible a las mujeres. Hasta Geraldine Hogg había perdido el habla en su presencia.

Max Forbes miró a la joven que tenía sentada frente a él. Parecía más una niña que una mujer, con ese rostro afilado de duendecillo, pálido y lleno de pecas. Era la imagen misma de la inocencia, pero su instinto le decía que se equivocaba. Allí había algo raro y el deseo que sentía de saber el qué le sorprendía. No había tenido tanta curiosidad por nadie en mucho tiempo. Se quedó mirándola, y le invadió una oleada de satisfacción al ver cómo enrojecía y esquivaba su mirada.

Sin duda Vicky Lockhart tenía algo que ocultar, y el pensamiento de descubrir el qué le produjo una excitación que hacía mucho tiempo que no sentía. La vida empezaba a tener para él más interés que el de hacer dinero, hecho que últimamente no le producía ya demasiada satisfacción.

–Muy interesante –dijo Vicky educadamente, con los ojos muy abiertos.

El sol que entraba por la ventana incidió en sus cabellos, que parecieron desprender llamaradas. Max pensó que tenía un color de pelo muy especial, y desde luego estaba seguro de que no era artificial. Por supuesto no era su tipo. A él siempre le habían gustado las mujeres altas y de senos grandes, pero aun así, no pudo evitar preguntarse cómo estaría con el pelo suelto. Se lo imaginaba muy largo y rizado, difícil de gobernar. ¿Tendría algo que ver con su personalidad? ¿Habría una mujer apasionada y de fuerte personalidad bajo aquella apariencia de niña? Sonrió ante la imagen que acababa de conjurar, y se dio cuenta de que su cuerpo respondía ante ella. Excitarse de aquel modo le hizo sentirse como un adolescente.

—No sé si Geraldine le ha mencionado el salario —le dijo, tras aclararse la garganta.

Mencionó una suma que doblaba la que había tenido en mente en un principio para ver cómo reaccionaba. La vio abrir mucho los ojos, y apretar los puños a los lados de su silla, cómo tratando de no perder el equilibrio.

—Es un salario muy generoso. Geraldine ya me dijo que sería mucho más alto que el del trabajo que mencionaba el periódico... —Max vio reflejado en sus ojos que quería aceptar, así que esperó pacientemente a que asintiera—, pero me temo que tengo que decirle que no.

Max tardó unos segundos en asimilarlo.

—¿Cómo?

—No puedo aceptar.

Max miró la cara de duendecillo, la boca delicada, los ojos castaños enmarcados por unas enormes pestañas, y sintió una humillante impotencia. Vicky había rechazado su propuesta y estaba furioso, aun sin saber por qué. Lo único que sabía era que deseaba vapulearla hasta que aceptara el trabajo. Era tan absurdo lo que estaba pensando que no pudo evitar sonreír. Debía de estar perdiendo la cabeza, porque de otro modo no estaría mirando fijamente a una desconocida, ni se sentiría así.

Miró su mesa, y empezó a golpear el bolígrafo sobre ella.

—Por supuesto, si no puedo convencerla...

—Me halaga que lo haya querido intentar... —Vicky

se levantó, y le dedicó una sonrisa extraña, como de alivio, para pesar de Max.

–Muchas personas matarían por una oferta de trabajo como la que le acabo de hacer –le dijo, y al mirarla y pensar cómo estaría con el cabello suelto, sintió de nuevo aquella excitación de adolescente. Después, muy a pesar suyo, su mirada se deslizó hasta los senos de Vicky, dos pequeñas protuberancias bajo la blusa y la chaqueta del traje, y se preguntó cómo serían. Se los imaginó diminutos y puntiagudos, llenos de pecas y con unos pezones rosados. El pelo rojo cayendo por su espalda, y unos senos rosados, lo bastante grandes como para caberle en...

Tragó saliva, y tuvo que ocultar su excitación, para que no se le notara al levantarse, inclinándose sobre su mesa y apoyándose en las manos.

–¿Está segura de que no lo va a reconsiderar...?

–Bastante segura –lo miró con incertidumbre y después le tendió una mano, que Max estrechó.

Se dio cuenta de que hasta aquel pequeño gesto lo había hecho solo por cortesía. ¿Cuál era su historia? ¿Por qué la ponía tan nerviosa? No la había amenazado. ¿O sí lo había considerado ella una amenaza? Se preguntó si se habrían visto antes, pero enseguida se dijo que, de haber sido así, la habría recordado. No habría podido olvidar un rostro tan etéreo, tan delicado, y aquel cabello tan increíble. Sin embargo, ella había vivido en Australia...

–Si hablo con James, ¿le menciono que la he conocido? –murmuró Max mientras la acompañaba hasta la puerta, y no se le pasó desapercibida la inquietud que sus palabras suscitaron en ella.

–Por supuesto. ¿Se mantiene en còntacto con él?

–Antes sí, porque me ayudaba a controlar a mi díscolo hermano.

–¿Y ya no lo hace?

A Max no le pasó desapercibido el tono angustiado de su voz.

–Mi hermano murió en un accidente de coche, señorita Lockhart.

Vicky asintió y, en vez de presentarle sus condolencias, abrió la puerta. Sabía que debería decir alguna frase amable, pero no le apenaba la muerte de Shaun.

–Bueno, tal vez nos volvamos a encontrar –dijo Max, pensando que, desde luego, sería más pronto de lo que ella se podía imaginar.

–Lo dudo –le dijo Vicky sonriendo, y salió–. Pero gracias por la oferta de trabajo, de todos modos. Y buena suerte para encontrar a alguien.

Capítulo 2

LO que más le entristeció al regresar de Australia fue encontrarse el jardín de la modesta casa de tres habitaciones que había pertenecido a su madre completamente abandonado. Ya se había esperado encontrar la casa en un estado deplorable, porque había tenido varios inquilinos, y no todos ellos habían sido apacibles familias. Además, ya en vida de su madre necesitaba reforma, pero el jardín le había roto el corazón, porque estaba lleno de basura y resultaba irreconocible. Le apenaba mucho recordar todo el tiempo y esfuerzo que su madre había puesto en tenerlo inmaculado. A la muerte de su marido, había resultado la mejor terapia para ella, y más tarde, cuando su enfermedad la hizo sentirse lo bastante débil como para impedirle salir a pasear.

Vicky aún recordaba las tardes de verano que pasaron en él, escuchando los sonidos de la naturaleza, y regodeándose la vista con el colorido de las flores plantadas por su madre.

La casita de campo estaba situada al final de un camino, en una parte de Warwickshire, conocida por su belleza rural. El pequeño jardín, ahora irreconocible, estaba rodeado de campos de cultivo.

Vicky, sudorosa, encontró otra lata de cerveza

cuando trataba de quitar maleza aquel sábado por la mañana en que había tenido tiempo de intentar adecentar el jardín, porque Chloe estaba en casa de una amiga. Pensar en su preciosa hija de cinco años de cabello negro y tan diferente a ella físicamente, le hizo sonreír de inmediato. Por lo menos no le daba ninguna preocupación. Por suerte, se había adaptado a la perfección a su nuevo colegio y a sus compañeros de clase.

Volvió a meter sus manos enguantadas entre la maleza, temerosa de encontrarse algún bicho, además de otra lata, cuando oyó una voz tras de sí.

—Pensé que la encontraría aquí. Espero no interrumpir nada.

La sorpresa que le causó oír aquella voz envió a Vicky de bruces contra la maleza, y cuando se levantó, la sorpresa había dado paso al miedo.

—¿Qué está haciendo aquí?

Max Forbes estaba guapísimo bajo el estimulante sol de invierno. El viento le había desordenado el pelo dándole una apariencia de muchacho que contrastaba con los fuertes rasgos de su rostro anguloso. Cuando se le abrió el abrigo, Vicky se fijó que iba vestido de modo informal, con unos pantalones oscuros y un grueso jersey de color crema por el que asomaba una camisa de color claro. La sorpresa de verlo en su jardín y el impacto que le había causado su presencia le hicieron retroceder un par de pasos.

—Tenga cuidado, no se vaya a caer otra vez en la maleza.

—¿Qué está haciendo aquí? —le preguntó, cuando su cerebro empezó a funcionar con normalidad de nuevo.

—He estado de visita en casa de sus vecinos del extremo de la calle. Qué pequeño es el mundo, ¿verdad? Los Thompson viven tres casas más allá de la suya.

—No conozco todavía los nombres de mis vecinos.

—Así que pensé que sería buena idea hacerle una visita para ver si ya había encontrado trabajo.

Frente a él, Vicky se sintió en desventaja. Max le sacaba la cabeza, así que se sintió bajita y sucia. La larga trenza, cayéndole sobre la espalda, sería casi un insulto para cualquiera con un poco de estilo, y probablemente tendría la cara y la ropa llena de barro y tierra, como sus botas de goma. Además, cuando se quitara los guantes de jardinería, seguro que harían juego con el estado de sus uñas.

—Solo han pasado tres días, pero no he tenido suerte todavía. Gracias.

No hizo ademán de entrar en la casa, a pesar de que estaba empezando a tener frío. Se limitó a meter las manos en los bolsillos de la chaqueta, y quedarse mirándolo.

—Una lástima.

—Estoy segura de que me saldrá algo.

—Bueno, no lo sé, porque no hay mucha oferta de trabajo como mecanógrafa. Por supuesto, no tendría ningún problema en encontrar un trabajo mejor pagado y con más futuro, pero, ¿quién necesita un empleo de ese tipo? —la ironía que delataba la voz de Max, solo la hizo sentirse más molesta con su presencia de lo que ya estaba—. Escuche, ¿por qué no entramos y me cuenta su experiencia australiana mientras nos tomamos un café?

—No hay nada que contar.

El miedo que había sentido al verlo se transformó de repente en pavor. No podían entrar. Había signos de Chloe por todos los sitios, aunque no estuviera allí. Max no sabía que tenía una hija, y no tenía ninguna intención de que se enterara. Al contestar el anuncio había omitido mencionar que era madre, porque le habían aconsejado que no le convenía decirlo a la hora de conseguir un empleo. Con el colegio y Betsy, no tenía problemas a la hora de ausentarse de casa, así que pensó que, cuando consiguiera un trabajo, ya informaría a sus jefes, y esperaba que la aceptaran por su valía, incluso cuando conocieran la existencia de Chloe.

Max la miró, y sintió deseos de hacer varias cosas al mismo tiempo. Por una parte, largarse de allí lo antes posible, porque no entendía lo qué le había dado para presentarse allí, pero, por otra, muy a su pesar, deseaba quedarse, porque al volverla a ver se había quedado incluso más intrigado que en su primer encuentro. También deseaba limpiarle la suciedad de la cara, aunque solo fuera para ver cómo reaccionaba. En realidad sintió un deseo tan intenso de hacerlo que tuvo que sujetarse las manos a la espalda, y apartar la mirada de ella.

–En realidad, no he venido por casualidad –empezó a decirle, furioso con ella por obligarlo a mentir y consigo mismo por aquella patética debilidad que lo había llevado hasta allí.

–¿Ah, no? –le preguntó Vicky con desconfianza.

–De hecho tiene que ver con su casa.

–¿Qué? ¿Qué es lo que tiene que ver con mi casa?

–¿Por qué no entramos y charlamos de ello?

No se había portado con aquel secretismo en su

vida, y todo porque no había conseguido quitarse a aquella mujer de la cabeza. No entendía por qué le había suscitado tanto interés, y allí estaba comportándose como el sombrío protagonista de una película de tercera. Nunca había hecho nada parecido por una mujer, y no entendía por qué lo estaba haciendo en aquel momento.

Vicky se encaminó hacia la casa sin decir palabra. Tenía el viento de frente, y parecía que, si no tenía cuidado, iba a salir volando de un momento a otro. Max dio unos pasos tras de ella, con los dientes apretados de rabia, porque le había dicho que esperara fuera, mientras ella ordenaba un poco la casa.

–¿Por qué fuera? –le preguntó él con las cejas levantadas.

–Porque es mi casa, y eso es lo que deseo que haga –le dijo con frialdad Vicky, tras lo cual, le cerró la puerta en las narices, antes de que Max pudiera volver a protestar.

Vicky nunca se había movido tan deprisa. Por suerte la casa estaba limpia, así que no tardó más de tres minutos en eliminar toda prueba de la presencia de su hija. Cinco minutos más le llevó quitarse la ropa sucia, y ponerse un par de vaqueros desgastados y un jersey de rayas que había conocido tiempos mejores.

–Bueno –le dijo, tras abrirle la puerta–, ¿qué pasa con mi casa?

–¿No le ha dicho nunca nadie que es una excéntrica?

–No –Vicky lo llevó a la sala de estar, que había sido la primera estancia de la casa que había reformado, y estaba ahora decorada en agradables tonos cremas y verdes. Miró el reloj, y se dio cuenta de que aún faltaban dos horas antes de que le llevaran a Chloe a casa. Tiempo suficiente para librarse de Max Forbes, cuya mera presencia le hacía sentir sudores fríos–. ¿Qué quería decirme sobre mi casa? –le recordó, sin andarse con rodeos, en cuanto Max hubo tomado asiento–. Yo no me sentaré –dijo Vicky–. Estoy sucia. ¿Entonces... me iba a decir?

–No puedo mantener una conversación de esta manera –Max sacudió la cabeza y se levantó–. Es una lástima, porque creo que le interesaría mucho lo que tengo que decirle, pero, si su mala educación le impide ocuparse como es debido de asuntos que le pueden interesar de verdad... –se encogió de hombros–. Bueno, por lo menos lo he intentado...

Vicky lo miró con desconfianza. Aquel hombre no debería estar allí, y sabía que lo más sensato sería ponerlo de patitas en la calle. Lamentaba haberlo dejado entrar. En el fondo, le había pasado lo mismo con su hermano. Desde el momento en que lo vio por primera vez supo que no le traería más que sufrimientos. Era demasiado guapo, tenía demasiada labia, y estaba demasiado bien relacionado cómo para interesarse en una chica como ella, pero se había parado delante de la mesa donde estaba trabajando sin levantar la cabeza de sus papeles, y se había inclinado sobre ella lo suficiente como para que se sintiera dominada por él. Todos sus esfuerzos para que se marchara y la dejara seguir trabajando no habían servido de nada. Shaun se había limitado a echarse a reír, con una risa muy sexy, sin dejar de mirarla, lo que la había hecho sentirse incómoda y excitada al mismo tiempo. Así que, si Shaun había conseguido hacerle sentirse así, entonces, su hermano, que había demostrado ser más inteligente que él, ¿no sería mucho más peligroso? Y si su propia necesidad de autoprotección no había sido suficiente para mantenerla alejada de Max Forbes, ¿qué pasaría entonces con su hija, que era la viva imagen de Shaun, desde el mismo día de su nacimiento?

Le habría gustado que su relación con Shaun hubiera sido una relación sana, con un principio y un final, en el que él se hubiera marchado, dejándolas vivir en paz, pero no había sido así. Aunque rara vez le había levantado la mano, y siempre bajo la influencia del alcohol o las drogas, la había maltratado psíquicamente muy a menudo, amenazándola con quitarle a Chloe. En público, nunca había querido reconocer a la niña, pero en privado la torturaba diciéndole que, si su familia llegaba a saber de su paternidad, no dudarían en reclamar lo que, sin duda era suyo, con todos los derechos. Sobre todo le encantaba recordarle lo mucho que la niña se parecía al clan Forbes. Por eso siempre había vivido con miedo. A veces, pasaban semanas, incluso meses sin que lo viera, pero un día regresaba y exigía sus privilegios sexuales. Cada vez que se acostaba con él, Vicky lloraba amargamente después.

Tener a Max Forbes bajo su techo era como haber dado a Lucifer la llave de su propia casa. Había oído lo suficiente sobre él como para saber que la existencia de Chloe le interesaría mucho, y tal vez intentara arrebatársela en los tribunales.

Se había pasado años protegiendo a su hija de un hombre cruel, temerosa de que se la pudiera arrebatar un día, y sabía que en aquel momento debía ocultarle la existencia de Chloe a Max Forbes. Aquellos dos hermanos podían tener más en común que la mera apariencia, y le había costado demasiado escapar de uno cómo para caer en las garras del otro. Nunca volvería a permitir que un hombre tuviera tanto poder sobre ella. Jamás.

Max estaba de pie al lado de la puerta, diciendo algo, y Vicky regresó al presente. La casa. No podía afrontar tener ningún problema con la casa, que supusiera un nuevo cambio para Chloe y ella, ahora que habían empezado a echar raíces en un sitio.

–Siéntese, por favor. Escucharé lo que tenga que decirme –Vicky señaló a Max la silla que acababa de abandonar, y él pareció dudar si volverse a sentar o no.

–Actúa usted como si le estuviera haciendo un favor, señorita Lockhart, y le puedo asegurar que no hay nada más lejos de la realidad.

–Lo siento. Tengo... cosas en la cabeza.

–¿Por qué no va a cambiarse? Ponerse ropa limpia seguro que le mejora el humor.

Vicky frunció el ceño, como si fuera a discutirle lo que acababa de decir, pero en cambio, le ofreció una taza de té o café. Su idea era mantenerlo allí, para que no se le ocurriera merodear por la casa. Por lo menos el salón estaba arreglado, no como el resto de la casa, que necesitaba una reforma urgente, y además, contenía relativamente pocos objetos personales, sobre todo después de haber guardado en un arcón que había detrás del sofá los dibujos de Chloe. Los libros de las estanterías no proporcionaban ninguna información sobre los ocupantes de la casa, y en cuanto a los adornos, la mayoría habían pertenecido a su madre. Los había bajado del desván, donde habían permanecido guardados durante los años en que la casa había estado alquilada.

Cuando regresó al salón, lo encontró, para su tranquilidad, leyendo, tranquilamente, el periódico que había dejado en la mesa baja de pino, colocada delante de la chimenea.

—No tardaré nada —le dijo, y para disuadirlo de toda intención de explorar la casa, cerró la puerta del salón tras de sí. Después miró el reloj para cerciorarse de que aún iba bien de tiempo.

En quince minutos, se duchó y cambió de ropa. No se maquilló, porque raramente lo hacía. Se limitó a ponerse unos vaqueros y una camiseta limpia. Después, volvió a trenzarse el cabello, sin molestarse en desenredarlo, porque estaba segura de que estaría lleno de nudos. Ya se lavaría el pelo más tarde.

—Entonces —le dijo, tras entrar en la habitación y ver que aún estaba leyendo el periódico—, me iba a contar algo sobre mi casa.

—¿No ha oído los rumores?

—¿Qué rumores?

—Sobre el supermercado, o tal vez debería decir Centro Comercial, porque, al parecer, habrá cientos, si no miles de plazas de aparcamiento.

Vicky, que se había sentado frente a él en un cómodo sillón, lo miró horrorizada. Por un momento, hasta olvidó que debía estar en guardia, y se echó hacia delante, boquiabierta, con los codos apoyados en los muslos.

—Está bromeando.

—Es horrible, ¿verdad? Yo tampoco soporto esos enormes supermercados, prefiero comprar en tiendas pequeñas —la miró para ver qué efecto estaba causando su mentira, y ya no pudo apartar los ojos de ella. Nunca había visto a una mujer sentada de aquel modo, y, con la boca ligeramente abierta, resultaba aún más vulnerable, lo que la hacía muy atractiva. Llevaba una camiseta muy pegada, que le marcaba más los pechos, pequeños y redondos. Tuvo que recordarse a sí mismo que solo estaba allí porque aquella mujer era un verdadero misterio, y él detestaba los misterios, y no porque se sintiera atraído por ella, aunque su mente insistiera en mostrarle turbadoras imágenes del hermoso cuerpo femenino, completamente desnudo.

Para su frustración, Vicky no parecía sentir el más mínimo interés por él, lo que para un hombre acostumbrado a ser el centro de las miradas femeninas parecía actuar sobre su mente como el más potente de los afrodisíacos.

—¿Quién le ha dicho eso? —preguntó Vicky, tras recuperarse un poco de la impresión.

—Nadie, y todo el mundo. Ya sabe cómo es eso de los rumores. Nadie va a admitir ser el que los empieza. Podrían no tener fundamento, pero me sentía en la obligación de comentárselo.

—¡Mi casa no valdrá nada, si me ponen un supermercado enfrente! —exclamó Vicky, a punto de echarse a llorar—. No es que quiera vender, pero...

—Estoy seguro de que no serán más que rumores —le aseguró Max, sintiéndose culpable de sus lágrimas.

—¿Y si no lo son? —parpadeó y una lágrima se deslizó por su mejilla. El supermercado le parecía ya el colmo de la mala suerte.

No fue totalmente consciente de sus lágrimas hasta que no vio a Max, que apoyado en el brazo de su si-

llón, le limpiaba la mejilla con un pañuelo. Con un gemido de desesperación, Vicky se lo quitó de las manos
y se limpió ella sola. Después, apoyó la cabeza en el
respaldo, cerró los ojos, y suspiró.

—Escuche, no debería haberle dicho nada —aseguró
Max, sintiéndolo de verdad. Le retiró algunos cabellos
del rostro, y empezó a acariciarle las mejillas húme-
das. Tenía la piel suave como la seda, y de cerca se
dio más cuenta de lo bonitas que le quedaban las pecas en la nariz. Como Vicky no lo detenía, Max se
aventuró a acariciarle la boca con el pulgar.

—No. Me viene bien estar preparada —abrió los
ojos. Al mirarlo vio una ternura en sus ojos que no se
esperaba encontrar, y sintió que se le cortaba la respiración.

—No me costará mucho averiguar cuánto hay de
verdad en ese rumor —aseguró Max, que empezaba a
sentirse excitado solo por acariciar el rostro de Vicky.
Aquella mujer era un enigma. Ya no se acordaba de
por qué había pensado que ocultaba algo. En aquel
momento, no era más que una chica vulnerable que
estaba despertando en él unos instintos protectores
que sabía que poseyera.

—¿De verdad podría? —le preguntó con ansiedad—.
Le aseguro que sería muy importante para mí —de repente, Vicky se dio cuenta de que Max le estaba acariciando el rostro, y se apartó.

—Sí, podría hacerlo —volvió a acomodarse en su
asiento y cruzó las piernas. Después, miró a su alrededor, como si fuera consciente de lo que le rodeaba por
primera vez—. No sé si se lo dije en la entrevista, pero
podría conseguir que le arreglaran la casa a un precio
especial por trabajar en la empresa. Creo que tanto al

tejado como a la chimenea les hace falta una reparación urgente.

–Pero yo no trabajo para usted –le dijo mientras se acariciaba un tobillo descuidadamente–. No entiendo por qué está tan interesado en contratarme –le dijo, con verdadera curiosidad.

Max suspiró, y la miró. Todavía recordaba la suavidad de su rostro.

–Estoy desesperado. Llevo siete meses aquí, y a pesar de haber tenido a muchas chicas a prueba, no he conseguido encontrar una secretaria personal adecuada.

–¿Ninguna le ha convencido?

–Ninguna –le respondió irritado, porque percibía cierto tono acusatorio en la voz de Vicky, como si pensara que él debía de ser demasiado exigente.

–¿Y qué era lo que no funcionaba?

–Una combinación de varias cosas.

–Tal vez sea usted demasiado exigente –aventuró Vicky, y su sugerencia fue recibida por Max con el ceño fruncido y una negación instantánea.

–Soy el jefe menos exigente que conozco. Lo único que pido es un poco de iniciativa y sentido común, junto con la habilidad de hacer las cosas más comunes en el trabajo de una secretaria.

–¿Y cómo sabe que yo soy la persona adecuada?

Por un momento, la gratitud hizo que se olvidara temporalmente de estar en guardia con él. Se quedó mirándolo, y se dio cuenta de lo poco que, en realidad, se parecía a Shaun, a pesar de la gran similitud que había encontrado entre ellos al ver a Max por primera vez. Su rostro tenía las facciones más fuertes, y estaba marcado por unas líneas de la risa de las que había carecido Shaun. Sus labios eran más sensuales. Lo que no tenía era esa media sonrisa siempre en los labios que delataba a los narcisistas, ese exterior excesivamente cuidado de alguien para quien la apariencia es lo más importante. De hecho, cuanto más lo miraba, menos se le parecía a Shaun.

–Porque ha trabajado mucho tiempo para un hombre al que respeto mucho desde hace tiempo –se limitó a decir–. A parte de eso, la primera impresión que me dio fue muy favorable, y rara vez me equivoco con mis primeras impresiones.

–Pues a veces uno puede equivocarse y mucho –se oyó decir a sí misma Vicky, con amargura. Miró hacia otro lado, y comenzó a juguetear con el extremo de su trenza, consciente de que había enrojecido.

Max pensó que aquel no era el momento de hacer preguntas sobre aquel misterioso comentario que le había salido tan espontáneamente, provocado seguramente por alguna oscura experiencia del pasado. De repente, volvió a sentir una oleada de curiosidad que lo perturbó sobremanera, porque no estaba acostumbrado a experimentarla con tanta intensidad, y tuvo que hacer un esfuerzo para no pedirle que le aclarara lo que había querido decir. Las mujeres habían sido siempre un libro abierto para él, y era una novedad encontrarse esas páginas tan herméticamente cerradas. Le resultaba todo un reto.

·   –Tal vez tenga razón –admitió–. Quizás sea más ingenuo de lo que creo.

Vicky casi se echó a reír, al oírle definirse a sí mismo como «ingenuo».

–Mire –se apresuró a decir–, me la voy a jugar a una carta con usted, porque tengo la sensación de que podemos trabajar bien juntos, y además, ya he tenido suficientes malas experiencias en los últimos meses con chicas que no eran capaces de transcribir lo más importante de mis cartas técnicas, por no hablar de las que parecían no poder pensar coherentemente cuando estaban cerca de mí... –la miró con disimulo para ver el impacto que había tenido ese comentario en ella, y la vio levantar las cejas, mostrando desagrado y escepticismo.

–No creo que pueda soportar trabajar con un hombre que se considera a sí mismo un regalo de Dios para el sexo femenino –le informó Vicky con frialdad.

–Creo que no es eso exactamente lo que yo...

–Con alguien que asume que todas las mujeres que tiene cerca están dispuestas a acostarse con él; con alguien que no puede vivir sin un peine en el bolsillo de la chaqueta, ni un coche deportivo para presumir...

–Me parece que me ha malinter...

–Que mientras va dando órdenes se mira en todos los espejos que encuentra a su paso. Alguien que cree que tiene derecho a que se haga siempre su voluntad, porque resulta que es atractivo...

–¡Pare un poco!

En aquel preciso momento, sonó el teléfono, y Vicky se levantó de la silla, y corrió al vestíbulo para atender la llamada. Todavía temblaba tras lo que le había dicho a Max. Su comentario narcisista le había traído recuerdos de Shaun, de su infidelidad, de su empeño en mostrar el poder que tenía con las mujeres, de la certeza que tenía de tener derecho a romperle el corazón a cualquier mujer, si así lo deseaba. Todavía estaba pensando en aquello cuando oyó la voz de Pat Down, y le costó un momento darse cuenta de que iba a llevar a casa a Chloe antes de lo previsto.

–Lo siento mucho, Vicky, pero a mi madre le ha dado un ataque al corazón y la han llevado al hospital, así que te llevaré a la niña dentro de diez minutos.

–Diez minutos... –repitió Vicky, angustiada.

–Lo siento.

–No, no te preocupes. ¿Necesitas que me quede con Jess?

Pat le dijo que no, que la iba a llevar al hospital con ella, y le repitió que, en menos de diez minutos, estaría allí. Vicky colgó e irrumpió en el salón como un torbellino.

–¡Tiene que irse! –le ordenó imperiosamente–. A...a... acabo de recordar que tengo una cita muy importante. De hecho, acaban de llamarme para... para ver si todavía me interesa el... el trabajo...

–¿En sábado? –le preguntó Max, sin moverse.

Con un gemido de desesperación, Vicky lo agarró por el brazo, y empezó a tirar de él para que se pusiera de pie. En vano, porque tras hacerlo parecía aún menos inclinado a levantarse.

–¡Levántese! –gritó Vicky–. ¿No se da cuenta de que tengo prisa?

–Estoy intentando averiguar por qué. Ninguna empresa respetable entrevista a futuros empleados los fines de semana. ¿O acaso ha solicitado algún oscuro trabajo? ¿Una barra americana, tal vez?

–¿Tengo yo pinta de chica de barra americana? –prácticamente lo empujó hacia la puerta del salón, tratando de echarlo del mismo modo en que una gallina querría deshacerse de un lobo que ha entrado en su gallinero.

–Déjeme pensarlo un momento –le dijo, despacio, deteniéndose bruscamente para frustración de Vicky, que se quedó mirándolo, y entonces él sonrió con picardía.

Era la primera vez que lo veía sonreír, y casi se quedó sin respiración. Le cambiaba la forma de la cara, dándole un aspecto sexy que no tenía nada que ver con las sonrisas de plástico de su hermano.

—No tiene gracia —le dijo Vicky, cortante.

—¿Va a aceptar el trabajo?

Vicky se dio cuenta de que al cabo de cinco minutos un coche pararía ante su puerta, sonaría el timbre, y su hija entraría como un torbellino, con sus contagiosa sonrisa en los labios y las mejillas sonrosadas. Tenía que desembarazarse de él antes de que llegara, y se produjera una catástrofe.

—¡De acuerdo! Y ahora, haga el favor de marcharse para que pueda seguir haciendo mi vida.

Max se levantó, y la miró sorprendido.

—¿Empezará el lunes?

—Muy bien, el lunes —le respondió, cambiando el peso de su cuerpo de una pierna a la otra con impaciencia.

Se las arregló para hacerlo llegar hasta la puerta, y al abrirla suspiró aliviada al ver que ningún coche azul se dirigía a su casa.

—Después de pasar por Personal —le dijo Max—, venga a mi despacho, y le explicaré en qué consiste el trabajo.

—¡Adiós! —le dijo, apremiándolo a marcharse—. Hasta el lunes.

Lo vio montarse en el coche, y esperó hasta perderlo de vista, antes de meterse en casa. Después, cerró la puerta, y se apoyó en ella, preguntándose qué era lo que acababa de hacer.

–No me ha quedado más remedio –murmuró–. Tenía que conseguir a toda costa que se marchara antes de que llegara Chloe.

Se dijo a sí misma que trabajaría unas semanas, y después presentaría la dimisión con alguna excusa. De ese modo ganaría un poco de dinero y, además, le daría tiempo a averiguar por qué sentía tanta curiosidad por ella, y se aseguraba de que no empezaba a llamar a Australia para preguntar sobre ella a sus amigos. De hacerlo, no tardaría en averiguar lo de su embarazo, y aunque había mantenido su relación amorosa con mucha discreción, con un poco de perseverancia se enteraría también de lo de Shaun. Estando cerca de él podría contestar a todas sus preguntas, y así no empezaría a curiosear.

Le preocupaba más tener el presentimiento de que aquel hombre había empezado a gustarle. Había sufrido lo suficiente con Shaun como para que no le quedaran ganas de interesarse por el género masculino el resto de su vida.

Se encontraba ante una situación muy delicada, de la que tendría que saber salir lo mejor posible.

Capítulo 3

VICKY se pasó el resto del fin de semana lamentando haber aceptado el trabajo. Todas las buenas razones para hacerlo le parecían insignificantes a medida que se acercaba el lunes.

Llegó a la empresa de Max Forbes con el corazón en un puño, y solo se sintió mejor al enterarse de que su jefe no trabajaba más que media jornada en aquella sucursal. Cuando la joven empleada mencionó su nombre, pestañeó y se puso muy colorada. Vicky se preguntó cuántas de las empleadas de la empresa reaccionaban del mismo modo con solo pronunciar el nombre de su jefe. De ser algo general, además de todos sus problemas, tendría que soportar estar rodeada de jovencitas hipnotizadas ocho horas al día. Muy a su pesar, entendió por qué Max era tan vanidoso.

–Supongo que estará en la sucursal de Londres, ¿verdad? –preguntó a la jefa de personal, que se llamaba Mandy, y lucía unas larguísimas uñas pintadas de azul.

–Pues creo que se ha reservado la mañana para venir aquí, y ponerle al día.

–¡Vaya! –exclamó descorazonada, aunque lo disimuló bajo una amplia sonrisa que se esforzó por que permaneciera en sus labios mientras la acompañaban al despacho de su futuro jefe, y solo desapareció cuando Mandy la dejó a la puerta del santuario de Max Forbes.

Después de un día y medio sin verlo, en que no se lo había quitado de la cabeza más de cinco minutos seguidos, volverlo a tener delante en carne y hueso le resultó más alarmante de lo que recordaba. Se preguntó si ya era tan alto y musculoso, o habría crecido desde el sábado, porque le pareció enorme, incluso sentado en su sillón de cuero, tras la mesa de su despacho. Se había quitado la chaqueta, y tenía las mangas de la camisa remangadas.

–¡Ah! –le dijo con satisfacción–. No estaba muy seguro de que supiera venir hasta aquí. Bueno, supongo que ya habrá tenido una pequeña charla con Mandy. Solo tengo un par de horas para ponerla al día en los aspectos más importantes del trabajo, después me veré obligado a dejarla sola, así que siéntese, por favor, y le diré cuáles serán sus tareas –calló un momento para acomodarse en su silla–. En primer lugar, la cafetera... está en su despacho... –Vicky, que había sacado un cuaderno y un bolígrafo de su voluminoso bolso, y se disponía a tomar notas se quedó mirándolo fijamente, y Max sonrió–. Era solo una broma –le dijo.

–Soy consciente de que hacerle café o té entra dentro de mis tareas, sin embargo confío en que no me lleve mucho tiempo –se oyó decir Vicky, esforzándose por ocultar su irritación.

–Así es –le respondió él con gravedad–. De hecho, muy a menudo me hago el café yo mismo, e incluso se lo llevo a mi secretaria –se apoyó con los codos en la mesa, juntó las manos, y la miró fijamente, haciéndola sentir como un espécimen en un laboratorio.

–¿La empresa tiene otra sede en Londres? –le preguntó Vicky con cortesía–. Lo pregunto porque oí decir a Mandy que usted divide su tiempo entre esta empresa y la de Londres.

–Y las de Nueva York, Madrid y Glasgow... Supongo que no ha tenido la oportunidad de leer ningún folleto informativo sobre nuestras empresas –se levantó, y se acercó a unas estanterías, de donde tomó unos elegantes folletos publicitarios, que entregó a Vicky. Después, en vez de volverse a sentar en su sillón, se acomodó en el borde de la mesa. Vicky se sintió incómoda al ver cómo se le marcaban, tentadores, los musculosos muslos bajo la fina tela de los pantalones.

–No –Vicky ojeó uno de los folletos, y su mirada se fijó en una fotografía de Shaun al lado de Max, y entre ellos un hombre que, seguramente, sería el padre de ambos. De repente, sintió que la sangre se le helaba en las venas.

–Es mi hermano –le dijo Max.

–¿Fundaron los tres la empresa? –trató de que no dejar traslucir ningún tipo de emoción, aunque sentía verdadera curiosidad por conocer su versión sobre los acontecimientos pasados, pero se dio cuenta de que su mirada se ensombrecía.

–No exactamente. Puede llevarse el folleto a casa, si quiere. De momento, voy a informarla de algunos de los proyectos en los que estamos trabajando –la invitó a que saliera delante de él, y entraron después en el futuro despacho de Vicky, que estaba al lado, y era donde se encontraban los archivadores. Como el resto del mobiliario en ambos despachos, todos los armarios eran de madera pintada de negro con los tiradores cromados–. Lo normal habría sido que, antes de marcharse, mi secretaria personal la hubiera puesto al día, pero llevo bastante tiempo sin una buena secretaria. La última no duró mucho, y además, no conocía el significado de la palabra «archivar», así que no le habría sido de mucha utilidad. Bueno, ahí tiene los archivadores. Los documentos deberían estar por orden alfabético pero, yo que usted, lo comprobaría por si acaso. Aquellos archivos necesitan ser puestos al día. Su ordenador está ahí, y me temo que tendrá mucho trabajo.

–¿Qué tipo de trabajo? –preguntó Vicky, mientras se acercaba a su mesa, y abría una de las carpetas que había sobre ella. Ante sus ojos, apareció un documento escrito en lenguaje técnico y lleno de cifras.

–Por supuesto, deberá encargarse de concertar todas mis citas de trabajo, y poner al día mi agenda. Ah, y las reuniones... Vendrá conmigo a las más importantes para tomar notas. Además, de vez en cuando, habrá algún acontecimiento social al que me gustaría que asistiera.

–Eso no va a ser posible –dijo Vicky, sin pensar.

–Todo es posible –le dijo Max, con suavidad, y se acercó a ella–. ¿Cómo se podría si no conseguir cualquier cosa en esta vida, si por adelantado ya se dice que no se puede hacer? ¿Existe alguna razón en especial por la que sea imposible que asista a determinados eventos sociales?

–No. Yo... yo solamente pensé que... que un acontecimiento social podía requerir de una acompañante más elegante que su secretaria...

–Mmm. Ya entiendo –se limitó a decir, sin preguntar más, ni contradecirla en lo que refería a proclamar su poca valía física–. Y ahora los archivos –dijo, y se puso a su lado delante del ordenador.

Vicky se sintió turbada a su lado. Aquel hombre la hacía sentirse muy pequeña. Desde luego, Shaun no le había parecido nunca tan alto, tal vez no lo fuera, también era más delgado, y sus rasgos menos perfectos.

–¿Está familiarizada con este programa?

Vicky asintió.

–Muy bien, entonces no tendrá ningún problema. Deberá revisar todos esos archivos, y poner al día el ordenador. Seguramente, tendrá problemas con un par de ellos que están desordenados. Me temo que no le han dejado las cosas fáciles, y tendrá que ingeniárselas para salir airosa de la situación, porque el puesto requiere bastante iniciativa y responsabilidad por parte de la persona que lo ocupe. Hábleme del trabajo que hacía para James.

Max se acercó a la máquina de café, y mientras esperaba a que se pusiera en funcionamiento, se volvió, y se quedó mirándola con los brazos cruzados.

Vicky le contó en qué había consistido su trabajo en Australia, omitiendo cualquier comentario personal, a pesar de que había tenido una buena relación de amistad con James y su esposa. Incluso había cuidado de sus hijos alguna noche.

–Empecé siendo su secretaria, pero aprendo bastante rápidamente, así que enseguida me encomendaron tareas de mucha responsabilidad. Me encargaba de los clientes más problemáticos, o servía de enlace con el personal de mantenimiento, y además llevaba a cabo las tareas administrativas habituales.

–Entonces, debería ser capaz de solventar cualquier problema que se le presente con los ficheros. Lo sabía. Me bastó mirarla una sola vez para saber que podría hacer el trabajo con los ojos cerrados.

–Todavía no he empezado –le dijo Vicky. No le hacía ninguna gracia que la colmara de alabanzas antes de empezar, sobre todo cuando había planeado dejar el trabajo lo antes posible, sin despertar sospechas.

–Creo que lo primero que tenemos que hacer es organizar mi agenda del mes que viene... –Max entró en su despacho, y regresó poco después con una agenda electrónica y otra de piel, que entregó a Vicky–. Muy bien, empecemos por mañana... –tomó una silla, y se sentó al lado de la joven. Vicky ya no se sentía empequeñecida por su imperiosa presencia masculina, pero lo tenía tan cerca que cada vez que hacía alguna anotación sobre la agenda, su brazo casualmente rozaba el de ella. Miró furtivamente el vello oscuro, y pensó que aquel hombre era mucho más «real» que su hermano gemelo.

Max empezó a enumerar con rapidez sus planes para el día, y Vicky fue comprobando lo que estaba escrito en la agenda. Algunas de las anotaciones apenas eran legibles, y tras una especialmente difícil de entender, Vicky levantó la vista, y vio que Max la estaba mirando.

–Empiezo a entender por qué ha tenido problemas con las anteriores secretarias –le dijo con una media sonrisa–. Si han archivado igual de mal que han escrito las anotaciones en la agenda, seguramente me pasaré varias horas poniendo un poco de orden antes de empezar a trabajar.

–¿No se lo había dicho?

Al estar tan cerca de él, Vicky pudo comprobar que la piel de Max era tan perfecta como parecía de lejos. Aunque tenía el pelo engominado, algunos cabellos parecían rebelarse a la altura de las orejas.

Max podía haber evitado rozarse con ella, pero hacerlo le producía casi la misma excitación que si estuviera pecando. Nunca habría imaginado que el pudor femenino pudiera provocarle una reacción tan fuerte. Llevaba puesta tres veces más ropa que la última mujer con la que había salido, para su pesar hacía ya tres meses, y sin embargo el efecto que producía en él era sofocante. Se había quitado la chaqueta del traje, pero llevaba la blusa abotonada pudorosamente hasta el cuello con pequeños botones perlados, del tipo de los que llevaban las abuelas. Se le marcaba el sujetador por debajo, y Max se preguntó cómo se sentiría desabotonando aquellos recatados botones mientras notaba el calor de la piel femenina bajo la blusa. La imaginaba tumbada sobre la cama, con las manos atadas a los hierros del cabecero con pañuelos de seda, mientras la desvestía, poco a poco, tomándose su tiempo, y acariciando con la lengua cada pedazo de piel femenina que quedaba al descubierto. La volvería loca, y disfrutaría al verla suplicarle que no se detuviera, que le arrancara el sujetador y aliviara sus pechos doloridos con su boca.

Cuando miró en dirección de Vicky, vio que lo observaba como si pudiera adivinar todos sus pensamientos impuros, y se ruborizó. ¡Por el amor de Dios, aquella mujer era su secretaria!

–Entonces, ¿ahora ya me crees? –le preguntó con brusquedad, sintiéndose como el lobo cuando salía al encuentro de Caperucita. Sonrió para sí al pensar en el paralelismo, porque en aquel momento lo que más le apetecía era comérsela en pedacitos, empezando por su pálido y esbelto cuello hasta llegar a la parte que anidaba entre sus muslos, que seguramente también estaba tapada por ropa interior con puntillas como la que debían usar las abuelas.

Se aclaró la garganta, y trató de volver a pensar en reuniones, calendarios y citas de trabajo. Vicky le estaba preguntando algo, así que tuvo que hacer un tremendo esfuerzo por concentrarse y responderle en un tono de voz normal.

–Veo que va a estar en Londres dos veces esta semana –le estaba diciendo Vicky mientras miraba la agenda.

–Pues sí –frunció el ceño–. Tal vez debiera cancelar las reuniones que tengo, y tratar de pasar un poco más de tiempo aquí, hasta que usted se ponga al día.

–No hace falta –se apresuró a responder Vicky, que al darse cuenta de que la recurrente cercanía del brazo masculino la estaba haciendo sentir incómoda, apartó el suyo con discreción–. En realidad estar unos días sola me permitiría familiarizarme con los archivos y los clientes, además de poder empezar a pasar a máquina todo ese trabajo pendiente.

Max se sintió herido en su orgullo masculino al darse cuenta de que Vicky no deseaba en absoluto que él pasara más tiempo en la empresa.

–Bueno, no creo que pueda arreglárselas sola. Estoy seguro de que necesitará que le responda a algunas preguntas –dijo molesto, y de se dio cuenta, de inmediato, que el adulto seguro de sí mismo se había convertido en un adolescente. No entendía lo que le sucedía porque jamás había experimentado nada parecido.

–Sí, desde luego –se limitó a decir Vicky, y volvió a concentrarse en el archivador que tenía delante–, pero no se preocupe, porque no dudaré en preguntarle todo lo que no sepa. Por cierto la señora Hogg no me informó sobre a qué se dedica esta sucursal de la empresa. Mencionó que es de reciente creación.

–Sí, pero está creciendo a un ritmo sin precedentes, por eso le dedico tanto tiempo. Casi todos nuestros clientes son nuevos, y hay que tratarlos con guante de seda. Voy a estar bastante ocupado el resto del día, pero no tendría inconveniente en pasarme por su casa después del tra...

–¡No! –exclamó Vicky, arrepintiéndose de inmediato de no haber podido controlar el pánico que su voz había dejado traslucir. Debía comportarse con la mayor naturalidad, si no quería seguir despertando su curiosidad–. La... la verdad es que me gusta separar por completo el trabajo del placer.

–¿Quiere decir que se convierte usted en otra persona fuera de la empresa? –le preguntó con insolencia. Ladeó la cabeza mientras la miraba fijamente, como si estuviera tratando de imaginársela–. Intrigante. ¿Se suelta el moño, y se quita ese trajecito tan pudoroso nada más atravesar la puerta de salida de la empresa?

–¡Claro que no! Lo que quiero decir es que procuro separar mi tiempo libre del laboral, porque de lo contrario el trabajo interferiría demasiado en mi vida, y llegaría un momento en que me daría cuenta de que no tengo tiempo libre.

Vicky recordó con pesar la manera tan irónica en que Max se había referido a su modo de vestir. La había hecho sentir como una anciana, y sin darse cuenta se llevó una mano al botón superior de la blusa, bien abrochado para evitarse las miradas no deseadas. No siempre había vestido de aquella manera. No hacía tanto que llevaba minifaldas y llamativas blusas cortas, hasta que se dio cuenta de que vestir como una mojigata era el único modo que tenía de defenderse contra la lujuria de Shaun. Verla tan tapada había bastado algunas veces para que no sintiera deseos de tocarla, y se había acostumbrado a vestir de aquel modo.

–¿No le parece poco saludable establecer compartimientos estancos en su vida? –le preguntó Max, que había apartado su silla un poco para poder observar mejor el rostro de Vicky, que estaba enrojeciendo por momentos.

A ella no le hacía ninguna gracia darse cuenta de que habían cambiado de tema, y trató de encontrar un modo de que su jefe se volviera a concentrar en informarla sobre la empresa.

–Es algo parecido a la doble personalidad –continuó diciendo Max.

–¡Le aseguro que soy completamente normal! –se apresuró a decir Vicky en un tono de voz con el que trataba de dejar el tema zanjado. Volvió la vista hacia la carpeta que tenía delante, e incluso tomó un documento, y simuló concentrarse en su lectura.

–¡Nunca pretendí decir que no lo fuera! –protestó él, ofendido–. Simplemente, creo que es totalmente normal que el trabajo a veces se mezcle con el placer.

–Bueno, tal vez tenga razón –le respondió Vicky, encogiéndose de hombros–. ¿Podré ponerme en contacto con usted mientras esté en Londres, o prefiere que cualquier problema que pueda surgir aquí se mantenga a la espera hasta su regreso?

–Puede enviarme un fax o un correo electrónico en cualquier momento, por supuesto, aunque no estoy a menudo en la empresa –guardó silencio un momento, y después añadió–: Por experiencia sé que las mujeres que preservan demasiado su intimidad tienen algo que ocultar.

Al notar lo tensa que se ponía la joven, Max se dio cuenta de que había dado en la diana.

–No tengo nada que ocultar –le informó Vicky con frialdad–, y a riesgo de parecer impertinente en mi primer día de trabajo, me gustaría decirle que me molesta que intente curiosear en mi vida privada...

–Vaya, no me había dado cuenta de que estuviera curioseando en su vida privada. Solo hablaba en general... –muy a su pesar, Vicky observó que la frialdad del tono que había empleado no lo había amilanado en absoluto–. Por supuesto que tiene derecho a su privacidad –bajó la vista, y se miró las uñas un momento–, y si esconde alguna cosa de la que esté avergonzada...

–¡Yo no tengo nada de qué avergonzarme!

–¡De acuerdo! ¡De acuerdo!

–¿De qué iba a estar avergonzada? –le preguntó, indignada.

Max se encogió de hombros.

–De nada –le respondió–. A no ser –le dijo tras quedarse un momento pensativo– que sea algo que tenga que ver con un hombre –la miró furtivamente para ver cómo reaccionaba ante su comentario, pero Vicky ya había recuperado el control de sí misma–. Por supuesto está en su derecho a tener el tipo de relaciones sentimentales que quiera. Aunque sea con hombres casados... –Vicky, que se dio cuenta de que trataba de sacarle información, fingió estar muy concentrada en la lectura del documento que tenía en la mano mientras se mordía el labio inferior. Aquello era lo que más había temido, que tratara de pasarse de la raya, que no respetara su intimidad–. O incluso con mujeres casadas —Max no creía que aquello fuera posible, pero quería que aquella conversación que le resultaba tan excitante continuara. Tal y como se había esperado, Vicky se limitó a mirarlo con frialdad, sin molestarse en responderle—. Tal vez de lo que se trate sea de un jovencito mantenido. Esas cosas suceden...

—No soy tan mayor como para necesitar pagar por tener sexo —le dijo Vicky, suspirando resignada—. No tengo ningún amante casado, ni hombre ni mujer, por cierto. Tampoco jovencitos, ni ancianos de setenta años. No tengo nada que ocultar —le respondió con seguridad, sin poder evitar dirigirle una sonrisa burlona.

—Todo el mundo tiene algo que ocultar —comentó Max, y Vicky lo miró con las cejas levantadas, pero no dijo nada. No estaba dispuesta a seguir hablando de aquel tema, así que continuó examinando las carpetas, hasta que él se dio por vencido y durante las dos horas siguientes trabajaron juntos.

Vicky aprendía las cosas enseguida, y para Max, que llevaba varios meses soportando secretarias incompetentes, resultó una bendición trabajar con alguien que entendía las cosas a la primera, y solo hacía preguntas inteligentes. Mandó que volvieran a pasarle las llamadas desde el despacho de Vicky, y se marchó al suyo, confiando plenamente en que la joven sería capaz de seguir trabajando ella sola.

Desde su despacho, podía verla dando golpecitos con el bolígrafo en la mesa, mientras revisaba lo que acababa de escribir en el ordenador. Llevaba el pelo sujeto en un moño, pero algunos rizos rebeldes le caían a ambos lados de la cara.

Max desplazó la silla un poco hacia la izquierda, sin interrumpir su conversación telefónica, para poder verla mejor mientras trabajaba. Pronto empezó a sentirse como un pervertido, así que volvió a colocarse tras su mesa, girando la silla hacia la ventana.

Media hora después, Vicky entró a su despacho para hacerle una pregunta.

–He estado revisando los archivadores –empezó a decir, y Max le señaló una silla para que se sentara.

–¿Y...?

–Parece ser que hay dos carpetas sobre el mismo asunto que aparecen archivadas bajo nombres diferentes –Vicky le entregó las carpetas, cuyos documentos aparecían escritos con diferente letra–. El problema es que la información que aparece en ambas carpetas no se corresponde, a pesar de que se refiere al mismo tema. Tengo la impresión de que una de sus secretarias se ocupó de un asunto hace tres meses, y no colocó la carpeta en el lugar que le correspondía. Cuando el problema volvió a presentarse su sustituta abrió un archivo nuevo, y dijo al cliente lo contrario de lo que se le había dicho previamente –Vicky se levantó, y tras inclinarse sobre la mesa, abrió ambas carpetas, y le fue mostrando cuidadosamente sobre el papel lo que quería decir. Mientras lo hacía, se le soltó otro rizo del moño, que cayó sobre su cuello.

–Déjemelo aquí. Yo me ocuparé.

–No me importa... –levantó la vista, y sus ojos se encontraron. Turbada, Vicky apartó enseguida la mirada–. Perdone que interfiera, pero en Australia acostumbraba a tratar con problemas de este tipo que podían presentarse con los clientes.

–Tengo una idea –dijo Max, apartando un poco su silla de la mesa–. ¿Por qué no vamos juntos a ver a unos cuantos de esos clientes problemáticos? Le será más fácil tratar con ellos por teléfono si los conoce en persona. Echemos un vistazo a mi agenda para ver qué tengo que hacer... Vamos a ver... el próximo martes. Podremos pasar un par de horas con cada uno, y hacer un descanso para comer. Conozco uno de los mejores restaurantes de la zona.

Vicky empezó a calcular mentalmente si Brenda, su niñera, podría ocuparse de su hija aquel martes. Chloe se perdería la clase de natación que tenía después del colegio, pero no pasaba nada, porque de todos modos las detestaba. No habría problema, siempre que terminaran de trabajar lo más tardar a las seis.

Lo miró, y vio que la observaba con interés.

—Le traeré la agenda —le dijo Vicky, apresurándose a salir del despacho, antes de que la interrogara de nuevo sobre su misteriosa vida secreta. Mientras sacaba la agenda del cajón de su mesa pensó que, para que la dejara en paz, tal vez debiera inventarse una historia que satisficiera su curiosidad masculina. Pero no debía ser nada que se acercara a la verdad. No estaría mal decirle que tenía una doble vida, y también trabajaba desnudándose en un local nocturno. Estaba seguro de que aquello lo dejaría mudo. Vicky entró en el despacho con una sonrisa en los labios, provocada por el plan que acababa de idear.

—¿No me va a contar el chiste?

Vicky lo miró, pero no vio a su jefe, sino un escenario, en un local oscuro, donde ella se movía con sensualidad mientras se iba quitando la ropa, observada con ojos de deseo por el hombre que estaba sentado al otro lado de la mesa. De repente, una imagen erótica invadió su mente con tanta fuerza, que notó que se tambaleaba. Se apresuró a sentarse por si acaso, y centró su atención en la agenda. Sus dedos temblorosos fueron pasando páginas con nerviosismo hasta que encontró la que buscaba.

Procurando no mirarlo en ningún momento, Vicky murmuró algo sobre que no tenía ningún chiste que compartir con él, y le dijo con voz tensa:

—El martes lo tiene libre. Si me dice a qué clientes desea visitar, puedo ponerme en contacto con ellos —dijo, sin levantar la vista de la agenda. Vicky deseó con todas sus fuerzas recuperar la calma tras aquellas perturbadoras fantasías, y volver a comportarse de un modo normal.

—Si nos entrevistamos con Prior y Truman a las nueve, podríamos encajar a Robins antes de comer. Asegúrese de dejar dos horas libres para la comida, digamos entre la una y las tres. Después trabajaremos dos horas más, y habremos concluido la jornada laboral.

—¿Y a qué cliente desea invitar a comer? —cómo su corazón parecía haber recuperado el ritmo normal, Vicky se atrevió a mirar a su jefe.

—A ninguno. Creo que podríamos disfrutar de un poco de tiempo a solas —dejó que sus palabras hicieran el efecto deseado y añadió—: para hablar de los problemas que se le pudieran haber presentado, y sobre los que necesite hacerme alguna pregunta —Vicky se dio cuenta de que no sonreía mientras hablaba, pero había un amago de sonrisa en la comisura de sus labios, y lo miró de la manera más profesional que pudo, para disuadirlo de cualquier plan no laboral que pudiera tener respecto a ella.

Con Shaun había aprendido a hacer frente a los flirteos en el trabajo, y a procurar evitarlos. A menudo, se había inclinado sobre su mesa de trabajo, a pesar de las veces que le había dicho que no fuera a su empresa, asegurándose de que no pudiera mirar a otro sitio que no fuera a su cuerpo; más tarde, vendrían los gestos extravagantes de los enormes ramos de flores y las cenas caras en lugares de moda. Su galanteo duró el tiempo que tardó en conseguir acostarse con ella, y después esos gestos fueron disminuyendo poco a poco, hasta el día en que las flores y las cenas caras se convirtieron en hechos del pasado. Muy a su pesar, siempre relacionaría el embarazo con la tristeza, porque fue entonces cuando Shaun empezó de verdad a maltratarla verbalmente, haciéndola llorar constantemente, y reduciéndola a un estado de tristeza en el que lo que más deseaba en el mundo era desaparecer de la faz de la tierra.

Se preguntó si Max Forbes estaría cortado por el mismo patrón que su hermano. Cuánto más lo conocía, más confusa se sentía respecto a él, porque su instinto le decía que no tenía nada que ver con Shaun, aunque había aprendido a no fiarse mucho de su intuición, ya que hacerlo le había causado muchos problemas en el pasado. Después de darle muchas vueltas al asunto, se dijo que, de todos modos, debía tener claro que ya fuera como su hermano o un santo, para ella representaba un intruso peligroso en su vida.

–Muy bien. ¿Algo más? –preguntó Max, al tiempo que echaba su silla hacia atrás, y se levantaba. Se acercó a la puerta, de la que colgaba descuidadamente su americana, a pesar de que no muy lejos había un perchero que parecía servir tan solo para acumular polvo–. Tengo un par de reuniones importantes, y cómo ya sabe, mañana no vendré por aquí. ¿Cree que se las podrá arreglar sola?

–Haré todo lo posible –le dijo Vicky, que sentía una tremenda emoción al pensar en todo el trabajo interesante que le aguardaba. Si Max Forbes se había sentido frustrado por tener secretarias temporales durante tantos meses, ella podría hablarle mucho sobre su propia frustración durante el tiempo que había pasado como secretaria temporal, en que solo se había dedicado a hacer fotocopias y tareas ingratas que todas sus predecesoras habían evitado hacer durante años.

–Ya sabe dónde encontrarme si me necesita. Todos mis números de teléfono, incluido el de mi casa, están en la primera página de la agenda.

–No creo que surja nada tan importante que requiera ponerse en contacto con usted en su casa.

–Nunca se sabe –tanteó los bolsillos de su americana, para comprobar si tenía allí el teléfono móvil.

–Es el director de una empresa, no un neurocirujano que tenga que estar siempre de guardia –le dijo Vicky, que se había levantado también, y estaba a su lado–. ¿No cree que la vida podrá seguir su curso, aunque usted esté ausente un par de días? –comentó, dándose cuenta enseguida de que le estaba hablando con demasiada confianza, teniendo en cuenta que era su jefe. Cuando no estaba en guardia, le resultaba demasiado fácil relajarse con él.

–Tal vez –admitió a su pesar, y le dedicó una de sus atractivas sonrisas. Abrió la puerta, y se volvió a mirarla–. O tal vez no. Pero no se preocupe porque, de todos modos, no tardaré en regresar.

Sus palabras sonaron como una siniestra amenaza en aquel despacho inundado de sol, y Vicky las añadió a la lista de preocupaciones que complicaban su vida.

Capítulo 4

EL martes siguiente llegó con mucha rapidez, a pesar de que le había parecido tan lejano.

En los dos días que él había estado ausente, Vicky se dedicó a ordenar los archivadores, a abrir cartas atrasadas, a escribir varias en el ordenador, a enviar algunos fax y correos electrónicos, así como a responder algunas llamadas. Los días se le pasaron muy rápido poniéndose al día, y poniendo un poco de orden en el caos que le habían dejado sus predecesoras. A menudo se decía a sí misma que no permanecería en aquel puesto de trabajo el tiempo suficiente cómo para ver los resultados de su sistema organizativo, pero otras veces, sin embargo, pensaba que no había razón alguna para que Max averiguara lo de Chloe, ya que hasta entonces no lo había conseguido, y eso que no había dejado de hacerle preguntas comprometidas. Tal vez la excesiva curiosidad de su jefe no fuera más que una técnica para asegurarse de que ella era capaz de sobrellevar su carácter. Estaba harta de empleos temporales en los que le encomendaban tareas muy por debajo de sus posibilidades. Su puesto en aquella empresa le encantaba, y se sentía tentada a quedarse un poco más, tal vez hasta que consiguiera ahorrar lo suficiente cómo para arreglar su casa. Era consciente del peligro que corría estando cerca de aquel hombre, aunque no supiera nada de su vida privada, pero era un riesgo que podía asumir, porque estaría en guardia y lo mantendría a distancia. Se aprovecharía del buen salario que ganaba y de lo que le aportaba profesionalmente aquel empleo, y si empezaba a hacerle preguntas comprometidas, se marcharía de la empresa, inmediatamente. Se dijo que no debía sentir remordimientos por estar utilizando a aquel hombre, porque al fin y al cabo Shaun la había utilizado a ella. Tenía la sartén por el mango, porque lo sabía todo de él mientras que él no sabía nada de ella. Si tenía un poco de cuidado, hasta se divertiría con la situación, en vez de estar aterrorizada todo el tiempo.

Para el lunes, ya había puesto casi todo el trabajo al día, hasta unas cartas polvorientas de las que sus predecesoras se habían olvidado, o hecho caso omiso.

Max pasaba fuera de la empresa más tiempo que dentro, y cuando estaba en su despacho, el fax o el teléfono lo mantenían ocupado, cuando no estaba delante del ordenador consultando filas y filas de números con el ceño fruncido.

Había acabado su trabajo por aquel día y, al mirarlo a través del cristal ahumado que separaba sus dos despachos, le pareció menos intimidante que cuando lo tenía a su lado. Mientras guardaba sus lápices y bolígrafos en el cajón, pensó que hasta entonces no había dado ningún problema. De hecho, había veces en que casi se olvidaba de la oscura conexión que existía entre ellos. Así que, aunque no había conseguido situarlo aún en la categoría de inofensivo en que le habría gustado, por lo menos ya no lo miraba con miedo. Además, Chloe estaba más contenta y relajada de lo

que había estado desde su llegada a Inglaterra. Seguramente, había transmitido a su hija la satisfacción
que sentía al llevar a cabo un trabajo que la hacía sentirse realizada.

Llamó suavemente a la puerta de Max mientras se
ponía la chaqueta, y asomó la cabeza para decirle que
se marchaba, pero él le hizo señas de que entrara, y
Vicky no pudo evitar mirar el reloj para ver de cuánto
tiempo disponía, ya que había quedado en ir a recoger
a su hija en casa de Brenda, la señora que la cuidaba,
antes de las cinco y media. Sabía que no pasaba nada
si llegaba más tarde, pero ya le fastidiaba bastante no
poder ir a recoger a Chloe al colegio, cómo para pro-
longar más su ausencia.

—Si es que tiene tiempo —ironizó Max, echado hacia atrás en su silla, con las manos unidas tras la cabeza.

Vicky entró, pero no se sentó, ni cerró la puerta
tras ella, lo que no pasó desapercibido para su jefe,
que la miró divertido.

—¿Está disfrutando del trabajo hasta el momento?

—Tal vez sea pronto para decirlo —respondió Vicky.

Todavía no quería comprometerse a sí misma con
una respuesta entusiasta. Así, si decidía marcharse,
siempre podría decir que lo hacía porque el trabajo no
le acababa de gustar. Por otra parte, no quería darle la
satisfacción de que pensara que había acertado cuando
decía que aquel empleo era para ella.

—Por lo que he visto, se le da bastante bien.

—Apenas si ha estado en la empresa esta semana
—se apresuró a decir Vicky.

—He accedido a algunos de los archivos que tenía
que actualizar en el ordenador, y están al día. Por otra

parte, a menos que se lo haya comido, ya casi no tiene trabajo amontonado encima de la mesa –se inclinó sobre la mesa, y empezó a juguetear con su pluma de oro–. Y mañana tenemos su primera presentación ante los clientes. ¿Nerviosa?

Vicky, nerviosa porque se daba cuenta de que, si no salía de allí lo antes posible, llegaría tarde a recoger a su hija, no hacía más que cambiar el peso de su cuerpo de un pie a otro, y tratar de mirar el reloj con disimulo.

–Estoy deseando que llegue el momento.

–Le pido disculpas por no haber estado más en la empresa para ponerla al día...

Max empezó a dar golpecitos con su pluma sobre la mesa, y Vicky se preguntó por qué la habría hecho pasar a su despacho para interesarse por cómo se encontraba en la empresa, si parecía tener prisa. Se preguntó, si tal vez hubiera tenido la errónea impresión de que ella deseaba verlo.

–No hay problema.

–Debe de tener muchas preguntas que hacerme –sus ojos grises recorrieron el cuerpo femenino, cuyas formas se ocultaban bajo un discreto traje de chaqueta. Max pensó que, desde luego, aquella indumentaria no podía dar lugar a ningún tipo de fantasía sexual. Le alegraría más la vista que su secretaria vistiera de una manera menos espartana. Habría preferido verla con una minifalda de seda, una camiseta mojada pegada al cuerpo y sin sujetador.

Max sonrió para sí ante lo irreverente de sus pensamientos. Sabía que algunas ejecutivas muy poderosas lo harían pedacitos si se enteraran de ellos. Sin duda, se sorprenderían, ya que era conocido por su política de igualdad de sexos en el mundo laboral, y en todas sus empresas había mujeres ocupando altos cargos.

Era de la opinión de que el lugar de trabajo no era una pasarela, y sus empleadas debían ir vestidas con discreción. Sin embargo, en aquel momento no le habría importado que Vicky hubiera infringido las normas, y vistiera irreverentemente.

—No, por lo menos ninguna que recuerde en este momento.

—¿Cómo ha dicho? —preguntó Max, despistado por sus pensamientos.

—He dicho que...

—Podríamos hablar de ellas mientras cenamos.

—¿Perdone?

—De sus preguntas. Podríamos hablar de ellas mientras cenamos. Seguramente, nos interrumpirán menos que si lo hacemos aquí, durante las horas de trabajo. ¿Qué le parece si la recojo a las siete y media?

—No, gracias.

La negativa de Vicky sentó a Max como un jarro de agua fría, porque, en primer lugar, sabía perfectamente que no debía haberle hecho semejante propuesta, por más que se justificara a sí mismo con razonamientos de que se trataba solo de trabajo, razonamientos que ni él mismo se creía. Al mirarla, y leer la desaprobación en su rostro, Max se sintió decepcionado como un adolescente.

Pero no era un adolescente.

—¿Por qué no? —se oyó decir a sí mismo—. No piense que se trata de nada más que de trabajo —al ver cómo las mejillas de Vicky empezaban a colorearse, recuperó su orgullo masculino, e insistió con más tenacidad todavía–. Su virtud está a salvo conmigo, querida –el ligero rubor se convirtió en rojo escarlata, y Vicky dejó de mirarlo para concentrarse en algún punto a la altura de sus zapatos–. Siempre he sido de la opinión de que no se debe mezclar el trabajo con el sexo. Lo único que pretendía era resolver sus dudas en un ambiente más relajado, sin las constantes interrupciones del teléfono o de la gente que no deja de entrar y salir. Naturalmente, si usted tiene otros compromisos más importantes...

Max se puso a estudiar fríamente un documento que tenía entre las manos, dejándole entrever que no le importaba su respuesta, pero que, después de todo, era su jefe.

–Pues la verdad es que sí los tengo –le dijo Vicky–, y ya debería haberme marchado hace rato... –le dijo, con cierto tono de culpabilidad en la voz que le hizo apretar los dientes con frustración.

–No me gusta la gente que está tan pendiente del reloj –le dijo molesto, sin comprender qué podría tener que hacer tan importante a las cinco y media de la tarde. Desde luego nada inocente, porque de tratarse del dentista o de la peluquera, se lo habría dicho.

Para su sorpresa, Max se dio cuenta de que no solo sentía curiosidad, sino también celos. Aquella mujer estaba despertando en él un montón de emociones nuevas. La miró con resentimiento, y llegó a la conclusión de que lo único por lo que una mujer como aquella podía sonrojarse así era por un hombre. Ilícito sexo vespertino. Todo aquello de que no tenía nada que ocultar no había sido más que un cuento. Seguramente, aquella mujer pensaba que se encontraban en la época victoriana, y que podía echarla del trabajo si se enteraba de que tenía una aventura con un hombre casado. Sí, sin duda tenía una cita secreta; una apasionada aventura con un hombre casado todas las tardes. Bastaría una suave llamada en la puerta para que ella dejara entrar a su amante. Seguramente, sería un insignificante oficinista, sin personalidad alguna y una avanzada calvicie. Después, subirían a la planta superior de la casa, y se quitarían la ropa apresuradamente para poder disfrutar de un rápido encuentro sexual vespertino.

De repente, Max se dio cuenta de que debía romper el silencio que se había hecho mientras él estaba sumergido en sus sugerentes pensamientos.

—Tal vez le tenga que notificar con cinco días de antelación cada vez que vaya a retenerla cinco minutos más de su hora de salida —ironizó mientras se acariciaba el mentón.

—Bueno, cinco minutos no me suponen ningún problema —le dijo Vicky azorada—. Lo que pasa es que... que estoy muy liada con la casa. Siempre... siempre tiene que venir alguien... fontaneros, electricistas... Ya sabe... —volvió a hacerse otro incómodo silencio.

—Muy bien. La veré mañana —dijo Max—. Deberá estar aquí a las ocho y media, si queremos entrevistarnos con Prior y Truman a las nueve.

Vicky asintió, y se alegró de que la dejara marchar. Condujo a toda velocidad hasta la casa de Brenda, y recogió a su hija a tiempo. Una vez en casa, le costó recuperar la calma. A pesar de sumergirse en la rutina habitual, estaba intranquila. Le daba la sensación de que en cualquier momento, si levantaba la vista, se encontraría con el rostro burlón de Max Forbes mirándola por la ventana de su salón, como si fuera un ángel vengador, pero sin nada de angelical, sino como un auténtico demonio.

Mientras daba de cenar a su hija, la contempló, y sintió una oleada de miedo. Incluso en su casa experimentaba la necesidad de mirar por encima del hombro, por si acaso aparecía Max de repente. Se preguntó si le merecía la pena el dinero que ganaba o su satisfacción profesional. Estaba jugando con fuego, y si seguía haciéndolo, se quemaría.

Al día siguiente, tomó una decisión: empezaría a idear una excusa para poder presentar su dimisión lo antes posible.

Max llevaba ya quince minutos en su despacho cuando ella llegó. Tenía en su poder un montón de carpetas, y en un cuarto de hora, la puso al día sobre los clientes con los que se iban a entrevistar, el modo en que trabajaban sus compañías, y el papel que desempeñaban en las empresas Forbes.

Vicky había hecho café para los dos, y se sentía cómoda, mientras asimilaba sin dificultad toda la información que Max le iba suministrando, haciéndole preguntas de vez en cuando.

A las nueve menos cuarto, ya estaban listos para marcharse. Vicky metió papel y bolígrafos en el maletín que se había comprado al entrar en la empresa, por si necesitaba tomar notas. Se sentía segura de sí misma, convencida de que no se encontraría con dificultades que no pudiera superar fácilmente.

Para lo que no estaba preparada era para darse cuenta de lo agradable que le iba a resultar la experiencia de trabajar con Max Forbes, que le hacía sentirse en todo momento de gran valía, mientras se entrevistaban con los clientes. Aprovechando que su atención estaba centrada en otra cosa, pudo observarlo a sus anchas, y poco a poco le fue infundiendo más respeto, hasta el punto de que, de no ser por el parecido físico, no se habría creído que Shaun y él pudieran ser hermanos.

La hora que dedicaron a la comida, en un restaurante en medio del campo, aunque no muy lejos de una ciudad, se le pasó a Vicky volando. Conversaron sobre los clientes con los que se habían entrevistado. Después, Max habló de Nueva York, y Vicky comparó su vida en Warwick con la que llevaba en Australia, pero sin dar mucha información.

Cuando terminaron con el último cliente, un poco después de las tres, ya no merecía la pena que regresaran a la empresa.

—Pero tengo el coche todavía allí –apuntó Vicky.

—La llevaré a casa. Mañana por la mañana puede tomar un taxi para acudir al trabajo.

—No, gracias –le dijo Vicky mientras miraba por la ventanilla del coche. Todavía faltaba un rato para que llegaran al centro de la ciudad y, por desgracia, se encontraban en el extremo opuesto de donde estaba la empresa.

—¿Por qué no quiere que la lleve? –preguntó Max, sin poder disimular su impaciencia.

—Me gusta ir en mi propio coche –respondió Vicky con testarudez–. No hay transporte público desde mi casa, y no quiero ni pensar lo que haría si sucediera algo y necesitara desplazarme a algún sitio con rapidez.

—¿Cómo qué? –Vicky se dio cuenta de que iba en dirección a la empresa, así que se tranquilizó, y no le respondió con la irritación con que lo hubiera hecho ante una pregunta tan impertinente.

–Oh, no sé –le respondió con despreocupación, encogiéndose de hombros. Podría caerme, y romperme algo...

–Entonces, no podría conducir para ir a buscar ayuda.

–O podría quemarme con un cazo de leche hirviendo...

–De todas maneras no podría conducir. Tendría que llamar para que vinieran a ayudarla.

–Muy bien, pues a lo mejor me doy cuenta a las ocho de la noche que me he quedado sin café, y al no haberlo en la tienda de la esquina tengo que desplazarme más lejos...

–Así que ahora va a decirme que es adicta al café –le dijo. A Vicky le encantó percibir una nota de humor en su voz y, ruborizada, tuvo que apartar la vista de la boca masculina–. Pues puede producirle cambios de humor, pequeñas depresiones, impredecibles...

–¿Cómo? ¿De qué está hablando?

–De los adictos al café... –le dijo, riendo.

–Vaya, me he pasado años tratando de comprender por qué tenía este carácter tan cambiante. Muchas gracias por aclarármelo. Así que adicción al café. Mañana seré una persona nueva.

Esa vez, Max soltó una carcajada, y Vicky volvió a sentir una oleada de placer.

–Muy bien, volveremos a la empresa –accedió Max–. Pero, ¿por qué no hacemos novillos, y nos tomamos un poco de tiempo libre, en vez de regresar al trabajo?

–¿Hacer novillos? ¿Tomarse un poco de tiempo libre? –Vicky no lo estaba mirando pero, para su propia sorpresa, sonreía relajada y feliz, a pesar de todos los miedos que la asaltaban regularmente. No tardaría mucho en volver a ponerse a la defensiva pero, por el momento, estaba disfrutando sentada en aquel potente coche, después de un día muy satisfactorio–. Parece mentira que esté oyendo al creador de todo un imperio financiero.

–Creo que todo el mundo necesita salirse un poco de lo establecido, de vez en cuando, sobre todo cuando se está con la compañía adecuada –murmuró Max, más para sí mismo que para ella, así que a Vicky le costó oírlo, y aun así no dio del todo crédito a sus oídos–. Tengo una idea.

–¿Cuál? –preguntó Vicky, y se volvió a mirarlo.

–Vivo muy cerca de la empresa. Podríamos ir allí, y antes de que empiece a protestar, se lo he sugerido porque he hecho algunas obras en mi casa. Si sigue en la empresa, tendrá derecho a beneficiarse de los descuentos que se hacen a los empleados en ese tipo de obras, y a lo mejor le gustaría ver la calidad del trabajo que realiza la empresa de reformas que trabaja para nosotros.

–Todavía no he decidido si me voy a quedar o no –le dijo Vicky, muy a su pesar. Se daba cuenta de que si lo había dicho era porque no le había quedado más remedio, y no porque deseara decirlo.

–¿Qué quiere decir con eso? –le preguntó Max, cortante.

Vicky se movió incómoda en su asiento, y se aclaró la garganta antes de hablar.

–Bueno, estoy en período de prueba... –le dijo, mirando al frente–. A lo mejor llega a la conclusión de que no sirvo para el trabajo, y... y bueno... quiero dejar yo también pasar un poco el tiempo antes de tomar una decisión.

–¿Por qué? –le preguntó–. ¿Acaso existen problemas de los que no me ha hablado? ¿Ha encontrado alguna dificultad especial en sus tareas?

–¡No! Estaba solo hablando... hipotéticamente.

Mientras Vicky estaba distraída hablando, Max se había dirigido a su casa y, antes de que pudiera protestar, ya estaban parando a la puerta.

La casa se encontraba a unos veinte minutos del centro de la ciudad y en pleno campo. El jardín que daba a la carretera estaba rodeado por altos setos, artísticamente cortados, que protegían la casa de las miradas curiosas.

–No... no me había dado cuenta de que me estaba trayendo a su casa –tartamudeó Vicky mientras salía del coche. Disimuladamente miró su reloj.

–Oh, pensé que se lo había dicho –mintió él.

Max se encontraba de espaldas a ella, abriendo la puerta principal. Vicky tuvo la sensación de que la estaban manipulando, y lo miró con el ceño fruncido. Max empujó la puerta, y se hizo a un lado para dejarla pasar. Al hacerlo, Vicky sintió que se le ponían de punta los pelos del brazo al rozarle Max con el suyo. Tras entrar, se encontró en un elegante vestíbulo con el suelo de madera. La casa tenía dos plantas. Las estancias que vio en la plana baja le parecieron decoradas con muy buen gusto, y así se lo hizo saber.

–No es mérito mío. Dos señoras cargadas con uno de los libros más pesados que he visto en mi vida, se las arreglaron para convencerme de que la decoración que yo deseaba era la que está viendo.

–¿Y es así?

Vicky, ya un poco más tranquila, avanzó por el vestíbulo, observando el suave color crema en que estaban pintadas las paredes que hacía resaltar más los cuadros que colgaban de ellas y la madera oscura del suelo. Algunas puertas estaban entreabiertas, y pudo ver que predominaban los colores suaves en la decoración de la casa, aunque con algunos toques de verde oscuro y terracota. Desde luego era más grande de lo que parecía desde el exterior.

–Bueno, la verdad es que me gusta –respondió Max con una sonrisa.

–Debo decir que yo tampoco tengo ninguna aptitud para el diseño de interiores –admitió Vicky–. Así que a mí también me vendrían bien dos señoras con unos libros bien grandes.

–Se podría arreglar –murmuró mientras avanzaba por el pasillo.

Vicky lo siguió, y entraron en la cocina, lujosamente amueblada, y con los últimos adelantos en electrodomésticos, aunque parecían todos sin usar. Solo la tetera un poco ennegrecida que había sobre la cocina probaba que en aquella estancia de la casa entraba alguien.

–Me parece que no le gusta mucho cocinar –dijo Vicky–, porque todo parece completamente nuevo.

–Y lo está. Hace solo una semana que terminaron los decoradores. ¿Una taza de café?

Vicky estaba tan acostumbrada a ser ella quien hiciera el café, que la inversión de los papeles y la intimidad que creaba la situación entre ellos la hicieron enrojecer.

–Bueno, me tomaré una taza rápidamente.

Antes de que pudiera hacerse otro silencio incómodo entre ellos, Vicky se puso a hablar sin parar, preguntándole sobre la reforma que había hecho, cuánto tiempo habían tardado, si le gustaba cómo había quedado, y si todavía tenía pensado hacer algo más. Habría estado encantada de contarle lo que quería hacer en su casa, pero no podía olvidar dónde se encontraba. Estaba en casa de su jefe, y no había entre ellos ordenadores, fax, o teléfonos sonando que marcaran las distancias entre ellos. El desasosiego de Vicky aumentó cuando vio a Max aflojarse el nudo de la corbata. Sus ojos se fijaron en aquellos elegantes dedos mientras tiraban de la corbata, y tuvo que parpadear un par de veces para despejarse la mente. Max estaba diciendo algo sobre un par de paredes que había tenido que tirar, y cómo se había llenado todo de polvo, a pesar de todas las precauciones que habían tomado los obreros. Cuando terminó de hacer el café, se quitó la corbata, la colgó del respaldo de una de las sillas, y se volvió hacia Vicky desde el otro lado de la isla de la cocina.

—Así que eso es algo a lo que tendrá que acostumbrarse.

—¿Acostumbrarme? —Vicky enrojeció—. Perdone, no lo estaba escuchando.

Max hizo un esfuerzo para que no se le notara lo molesto que se sentía. Había conseguido llevar hasta allí a aquella mujer, empleando todo tipo de tácticas que nunca había usado hasta entonces. No había querido ir, parecía resultarle indiferente estar en su casa, y además sus forzadas buenas maneras estaban empezando a sacarlo de quicio.

—Decía que tendrá que acostumbrarse a decir adiós a su intimidad.

—¿Decir adiós a mi intimidad? Pero, ¿de qué está hablando? —posó con brusquedad la taza sobre el mostrador, y derramó un poco de su contenido–. ¡Podré ser su secretaria en este momento, pero eso no quiere decir que tenga que renunciar a mi intimidad! Si ese es el tipo de cosas que les ha pedido a las secretarias que ha tenido previamente, no me extraña que no le hayan durado mucho.

–Pero, ¿de qué está hablando?

De repente, Vicky se dio cuenta de que no parecía estar enfadado por su arrebato, sino perplejo. Comprendió, apesadumbrada, que, sumergida en sus propios pensamientos, no había oído el comentario inicial que había hecho Max.

–¿De qué estaba hablando usted? –tomó un sorbo de café, y miró a Max por encima del borde de la taza.

–Si se esforzara más en escucharme, se enteraría bien de lo que digo, y no se enfadaría tanto por llegar a conclusiones erróneas.

A Vicky le disgustó su tono de voz, pero pensó que, ya que tenía razón, sería mejor que no se lo dijera.

–Lo siento –le dijo muy tensa–. Mi mente estaba a muchos kilómetros de aquí.

–¿Dónde?

Max estaba deseando entablar una discusión con ella, cualquier cosa para conseguir que dejara a un lado sus estúpidas buenas maneras. Era cierto que, de vez en cuando, se le escapaba alguna emoción fuerte, pero no duraba mucho, enseguida se refugiaba en su hermética torre. Ocultaba algún secreto, y su deseo de averiguar cuál era, estaba convirtiéndose en enfermizo. Ya no dormía bien. Se despertaba a menudo y sin razón aparente a horas intempestivas, y por más que se esforzaba en concentrarse en otra cosa, en el trabajo, o incluso en otra mujer, su mente siempre regresaba a aquel pálido rostro que lo contemplaba en aquel momento, con una taza de café entre las manos y los ojos entrecerrados, como si fuera un animal salvaje que ha aprendido a ser precavido con los extraños.

Todavía le preocupaba más que su una vez ajetreada vida social hubiera quedado reducida a reuniones de trabajo, cenas con los clientes o alguna comida solo en un restaurante italiano que había cerca de su casa. Tan solo de pensar en alguna de las mujeres que había frecuentado hasta entonces, mujeres a las que resultaba fácil seducir con algunos cumplidos y una cena cara, se moría de aburrimiento.

Y la culpa la tenía ella.

—No estaba pensando en nada en particular —aseguró Vicky, y se apresuró a terminar el café.

Max trató de sonreír, pero tuvo el presentimiento de que en vez de una sonrisa le había salido una mueca.

—Lo único que hace a una mujer tener esa mirada ausente es pensar en un hombre —afirmó Max, tratando de nuevo, y no de un modo muy sutil, de entablar una conversación más personal con ella, y conseguir que le revelara su secreto. No sabía lo que le estaba pasando. A veces, se sorprendía de ser capaz de hacer semejantes comentarios. Parecía haber perdido la seguridad en sí mismo. La vio mirándolo con expresión de desdén, y los labios apretados.

—No a todas las mujeres —le respondió Vicky, educadamente, y después apartó un poco la taza, como preludio a pedirle que la llevara hasta la empresa para que pudiera recoger su coche—. Algunas de nosotras conseguimos utilizar nuestras pocas neuronas para pensar en otras cosas que no sean los hombres.

—Tocado —le dijo Max—. Bueno, ya veo que tiene

ganas de irse. Por cierto, eso de que iban a construir un supermercado cerca de su casa no era más que un rumor, después de todo. Han comprado terrenos en el otro extremo de la ciudad para ello.

—Es un alivio...

—Y si le interesa hacer alguna reforma en su casa, póngase en contacto con Mandy, y ella le pondrá al habla con los obreros. Será más fácil para usted.

Mientras hablaba, Max no podía dejar de pensar que estaba seguro de que Vicky tenía a alguien. Por mucho que tratara de ocultarlo, estaba seguro de que averiguaría que había un hombre en su vida. Lo que no entendía era por qué se empeñaba en ocultarlo. El mero hecho de imaginarse a alguien tocando aquel cuerpo con el que tanto había fantaseado últimamente le hacía apretar los dientes de rabia.

—¡Está yendo muy deprisa! —le dijo Vicky alegremente mientras se dirigía hacia la puerta—, y eso que llevo solo unos días trabajando para la empresa. ¿No debería llevar más tiempo con usted para merecerme un descuento en la reforma de mi casa?

Max la miró, y sintió unas tremendas ganas de tomar aquella cara entre sus manos, y besarla hasta dejarla sin respiración, hasta haberle sacado el último secreto. Habían llegado a la puerta principal, pero antes de que Vicky tuviera tiempo de abrirla, Max se adelantó, se apoyó en ella, y se quedó mirándola. Sus ojos se oscurecieron solo de pensar que la tenía tan cerca, que podía tocarle los labios, y acariciarle el cuello sin dificultad. La posibilidad de convertir sus fantasías en realidad hizo que se pusiera nervioso. Podía ver las pupilas dilatadas de Vicky mientras lo miraba en silencio.

–No –se oyó decir a sí mismo–. Así que no tiene más que poner la fecha.

Vicky murmuró algo que no entendió y miró hacia otro lado. Tenía las pestañas tupidas y oscuras, a pesar del color de sus cabellos. Max no se pudo contener, y le acarició la mejilla. Al sentir su contacto, ella levantó los ojos inmediatamente.

–¿Qué hace? –Vicky retrocedió, y Max se apresuró a retirar su mano, temblorosa, muy a su pesar, tras el contacto con la mejilla de Vicky.

–Tenía tinta en la mejilla –le dijo, y tras abrir la puerta, se hizo a un lado para dejarla pasar. Vicky se frotó con fuerza donde la había tocado él, sin mirarlo a los ojos–. Quiero que escriba hoy en el ordenador las cartas que le he dictado en el coche –le dijo con dureza en la voz, al darse cuenta de que sus sentimientos lo habían traicionado. Había actuado como si su cuerpo no obedeciera a su mente, y estaba furioso consigo mismo por su debilidad y con ella por resultar tan tentadora–. Las necesitaré mañana a la hora de comer –abrió la puerta del copiloto, y después se dirigió a su asiento–. Y cancele mis citas del lunes, porque me marcho a Nueva York tres días. Tenemos problemas con una de las sucursales –la miró antes de poner el coche en marcha–. Me sería de gran utilidad tener allí una secretaria.

–Si lo desea, puedo arreglarlo todo para que Tina, la secretaria de Roger, lo acompañe. Sé que le gusta viajar al extranjero.

–Déjelo. Ya veré cómo me organizo allí.

Esperaría el momento propicio. Nunca había sido un hombre que destacara por su paciencia, pero estaba aprendiendo con rapidez.

Capítulo 5

VICKY acababa de sentarse a su mesa, y de poner en funcionamiento el ordenador el lunes por la mañana, cuando oyó que la llamaban por la línea interna. Era Mandy, de personal, para decirle que había hablado con uno de los arquitectos de la empresa para que pasara por su casa, y evaluara el coste de la reforma.

–¿Reforma? –preguntó Vicky, sorprendida por la rapidez de los acontecimientos.

–¿No le mencionaste al gran hombre que tu casa necesitaba una reforma?

–Tal vez de pasada, pero no imaginaba que las cosas fueran a ir tan deprisa...

–Ya irás aprendiendo –le dijo Mandy secamente–. Max Forbes tarda en tomar una decisión el mismo tiempo que yo en hacer un café instantáneo –había admiración en su voz–, y está claro que ha pensado que tu casa necesitaba una reparación urgente. Pobrecita Vicky, que al llegar de Australia se ha encontrado con la casa hecha una ruina.

–¿Hecha una ruina...? –repitió Vicky como un loro.

–Eso es lo que pasa con los inquilinos –continuó Mandy, con tono confidencial–. Mi hermana tuvo su casa alquilada durante un año, y cuando regresó la encontró hecha una pena. Había quemaduras de cigarrro por todos los sitios, y hasta tuvo que cambiar el horno. De todos modos, Andy Griggs, el arquitecto, es fabuloso. Así que... –Vicky oyó cómo pasaba las hojas de su agenda–. Podrías quedar con él dentro de una semana, a las doce y media, aprovechando la hora que tienes para comer. A no ser que prefieras que vaya a tu casa por la tarde...

–¡No! –se apresuró a decir Vicky–. La hora de comer me viene mucho mejor –Vicky estaba consternada. Aquello la había pillado por sorpresa. No quería hacer ninguna reforma, de momento. Además, estaba a punto de marcharse de la empresa, porque le daba la impresión de que las cosas estaban empezando a complicarse–. Lo que quiero decir es que... no me apetece hacer ninguna reforma...

–Ya me imagino –le dijo Mandy–. ¿Y a quién le apetece? Por lo menos trabajas, así que no tienes que estar en casa con los obreros. Cuando llegues, te encontrarás escaleras y bancos de trabajo por todos los sitios y el fregadero lleno de tazas. Bueno, te voy a concertar un cita con Andy para el lunes que viene. Os encontraréis en tu casa. No creo que tardéis más de una hora...

–De acuerdo, el lunes que viene.

El teléfono empezó a sonar, y el correo le ocupó toda la mañana y parte de la tarde. Para cuando volvió a acordarse de la reforma, ya estaba camino de la casa de Brenda para recoger a su hija, que la estaba esperando con un montón de dibujos, que había hecho en el colegio. Vicky sabía, por experiencia, que tendría que conservarlos durante unos días antes de poder tirarlos sin que se diera cuenta. De repente, pensó que le encantaría poder hacer reforma en la cocina, y unirla al pequeño comedor para hacerla lo bastante grande como para poder comer en ella. Hasta podría instalar una barra central con unos taburetes. Sabía que a Chloe le encantarían, porque le recordarían a los que había en la heladería que frecuentaban en Sidney, donde los altos taburetes gustaban casi tanto a la niña como los cincuenta y un tipos de helados que se podían degustar. Además, agrandando la cocina dispondría de espacio en las paredes para poder colgar los dibujos de Chloe en unos corchos, y así conservarlos más tiempo que en la actualidad.

Apartó aquel pensamiento de su mente, y trató de seguir la conversación de su hija sobre lo que había hecho en el colegio aquel día.

–¿Qué hay para cenar? –le preguntó la niña.

–Algo muy rico y saludable –le respondió Vicky mientras aparcaba a la puerta de casa. Al ver la mala cara que ponía su hija, sonrió–. Pollo guisado con patatas y zanahorias.

–¿Le puedo poner Ketchup?

–No veo por qué no.

Vicky volvió a sumergirse en sus pensamientos. Se dijo que, si hacía la reforma, lo que no creía que sucediera, podía unir dos habitaciones en una, y así tener un dormitorio enorme con vestidor y baño. Además, la habitación de Chloe podría renovarse quitando los armarios empotrados, y comprando un armario más moderno y de algún color alegre que le gustara a su hija.

–No puedo comer tantas zanahorias, mamá.

Vicky miró el plato de su hija, y vio que tenía una montañita de color naranja en un lado.

Dispuesta a no seguir haciendo castillos en el aire, decidió que por la mañana llamaría a Mandy para decirle que todo había sido un error, que de momento no le interesaba hacer ningún tipo de reforma en su casa. En vez de pensar en grandes obras para ampliar habitaciones, se concentraría en papel pintado, pintura y posiblemente deshacerse de los muebles más pasados de moda.

Pero, a la mañana siguiente, había vuelto a cambiar de opinión, y decidido que no le costaba nada ver al arquitecto para que le diera algunas buenas ideas, y le dijera cuánto le podía costar la reforma para cuando se decidiera a llevarla a cabo. Le encantaba el emplazamiento de la casa, pero en Australia se había acostumbrado a los espacios más diáfanos. De momento, a nadie le extrañaría que se excusase diciendo que costaba demasiado dinero, y no podía permitírselo, y cuando dejara la empresa, y ahorrara bastante dinero en otro trabajo, podría aprovechar las ideas que le hubiera dado el arquitecto.

Estaba a punto de marcharse a trabajar cuando sonó el teléfono. En cuanto tomó el auricular, algo le dijo que Max Forbes estaba al otro lado, y el pulso empezó a latirle con rapidez. La tranquilidad que había tenido durante dos días, en que solo se había comunicado con él por fax o correo electrónico, parecía haber terminado. Al oír su voz aterciopelada, se dio cuenta de que, en el fondo, había echado de menos algo en el trabajo: la emoción que le producía saber que estaba allí, que iba a verlo. El estado de alerta permanente en que se encontraban sus sentidos.

–Vicky, soy Max. Me alegro de encontrarte antes de que te vayas –Vicky jugueteó con el cable del teléfono mientras se preguntaba por qué la estaba llamando, si existía el fax y el correo electrónico, que producían menos estragos en su sistema nervioso que oír su voz por teléfono.

—¿Cómo va todo por Nueva York? —le preguntó cortésmente—. Ya he enviado todos sus correos electrónicos y los dos fax.

—Muy bien, muy bien. Escucha, estoy llamando porque el problema que tenemos aquí es más importante de lo que habíamos pensado en un principio —hizo una pausa—. De hecho, nos encontramos en una situación bastante desagradable.

—¿Hay algo que pueda hacer yo desde aquí? —preguntó, ansiosa.

—Para empezar, cancele mis reuniones de la semana que viene. Anderson se puede encargar de las que sean urgentes, pero el resto tendrán que cambiar de fecha.

Vicky se puso a catalogar mentalmente las reuniones que tendría que dirigir Ralph Anderson.

—¿Algo más?

—Sí, te necesito aquí, y no es una petición sino una orden. Van a caer cabezas, y necesito que todo esté documentado meticulosamente. Voy a entrevistarme con abogados esta tarde para ver cuál es nuestra situación, pero hay que poner muchas cosas por escrito, casi todas confidenciales. No puedo confiar en una secretaria temporal para que lo haga, y lo que está ocurriendo aquí es demasiado delicado cómo para dejarlo en manos de ninguna secretaria de la empresa. Supongo que no habrá problema...

Vicky comprendió, por el tono de su voz, que lo que le había pedido no admitía discusión, y aunque pensara marcharse pronto de la empresa, tenía que llevarse consigo buenas recomendaciones que le permitieran encontrar otro empleo.

–¿Cuánto tiempo va a necesitarme? –le preguntó con el corazón encogido. No se habían separado nunca, y ya se imaginaba a su hija llorosa porque su madre la dejaba para marcharse al extranjero. Además, tendría que pedirle a Brenda que se ocupara de la niña.

–Tres días, como mucho. Posiblemente menos. No te preocupes –le dijo con frialdad–. Soy consciente de que no te gusta viajar al extranjero, pero esta vez no tienes elección. Reserva una plaza en el Concorde. Ya sabes dónde me alojo, así que reserva una habitación en el mismo hotel.

Vicky suspiró en silencio.

–¿Eso es todo?

–Mándame un correo electrónico diciéndome cuándo llegas, y piensa que vas a estar trabajando desde el mismo momento en que aterrice el avión.

–Por supuesto –le dijo con cierto sarcasmo–. Nunca me atrevería a pensar que las cosas fueran a ser de otro modo.

Todavía corría la adrenalina por sus venas cuando una hora más tarde pidió a Brenda que se ocupara de Chloe durante un par de noches a lo sumo.

–Por supuesto, te pagaré –dijo a Brenda mientras se tomaban una taza de café.

Brenda la miró fijamente.

–El dinero es lo de menos, Vicky, pero ten cuidado, no sea que el trabajo vaya a acaparar el tiempo que le dedicas a tu vida privada. He visto a muchas mujeres que siempre están exhaustas, porque se pasan la vida corriendo de un lado para otro. Aunque en tu caso –añadió pensativa–, el trabajo parece no hacerte ningún daño.

–¿Por qué lo dices? –preguntó Vicky. Al fondo se oían las voces de Chloe y Alice, la hija de Brenda, que estaban jugando con las muñecas.

–Bueno, hacía meses que no te veía tan bien. Tienes la piel radiante y te brillan los ojos. No sé con qué tipo de trabajo te está alimentando tu jefe, pero te está sentando de maravilla.

–¿Me está alimentando, dices? –preguntó, riendo–. Bueno, pues lo que me da mi jefe es mucho trabajo, un montón de responsabilidades, comentarios sarcásticos para aburrir, e indirectas para fisgonear en mi vida.

Brenda se echó a reír.

–Ten cuidado, porque cualquier chica podría hacerse adicta a una dieta como esa.

Todo quedó resuelto, y además por la tarde ya había reservado el vuelo. Al llegar al aeropuerto con su bolso de mano, sintió una oleada de emoción al notar con qué deferencia era tratada. Por algo estaba utilizando el medio de transporte más caro del mundo. Sin embargo, cuando se encontró en el hotel, tras un viaje rápido aunque cansado, la emoción dio paso a la aprensión, al darse cuenta de que durante dos o tres días iba a estar con Max Forbes muchas más horas de las que pasaba en la empresa.

Habían quedado en el bar del hotel, y allí estaba ya esperándola cuando llegó vestida con un traje de color crema y el pelo recogido en un moño. Enseguida lo vio en una mesa un poco apartada, jugando con el vaso en la mano. Vicky nunca lo había visto tan cansado, y cómo para confirmar su impresión se frotó los ojos antes de preguntarle qué quería tomar. Cuando ella se lo dijo, llamó al camarero.

–Tiene un aspecto horrible –le dijo Vicky de repente, y él sonrió.

–También yo estoy encantado de verte. Me alegro de que pudieras venir. ¿Te ha resultado complicado?

–Me las he arreglado –Vicky se encogió de hombros, y se echó hacia atrás para que el camarero le pudiera servir el vino blanco–. ¿Qué sucede? ¿Vamos a tratarlo ahora, o lo haremos mañana, cuando tenga mi portátil, y pueda tomar notas?

Dio un trago de su copa, y sintió que se relajaba poco a poco.

–No, te daré ahora la información confidencial. Por cierto, ¿has cenado? –sin darle tiempo a responder, hizo una seña al camarero, y pidió dos ensaladas con gambas, y un poco de pan–. Resumiendo, te diré que hace unos días recibí una preocupante llamada de uno de nuestros contables de Eva. Por si no lo sabes, Eva es una de nuestras sucursales más pequeñas, y se dedica al floreciente negocio de los juegos de ordenador –dio un trago a su copa, y la dejó con fuerza sobre la mesa como expresando su frustración–. Durante todo el año pasado han estado desapareciendo considerables cantidades, y todo hace pensar que el culpable es el presidente, un hombre que lleva muchos años con nosotros, y siempre nos había merecido toda confianza –se volvió a frotar los ojos, y se echó hacia atrás en su silla con ademán cansado–. Me he pasado los últimos tres días encerrado en un despacho con el contable, y hoy se han unido a nosotros tres abogados importantes para determinar cómo tratar el problema. Hasta el momento, el presidente no sabe que lo hemos descubierto, y nuestra baza es sorprenderlo con las pruebas para que no intente falsificar ningún documento, y añadir más delitos a los que ya ha cometido.

–¿Irá a prisión? –preguntó Vicky, horrorizada.

–No lo sé. El fraude merece un castigo, pero para mí será suficiente con echarlo de la empresa, porque se verá obligado a jubilarse anticipadamente, y su reputación dentro del negocio de la informática quedará por los suelos. Además –suspiró–, tiene una familia. Soy el padrino de uno de sus hijos –se echó hacia atrás en su asiento cuando llevaron las ensaladas–. Es una pesadilla. Supongo que ya entiendes por qué era tan necesario que una secretaria externa se ocupara del trabajo. No es una empresa grande, y la gente habla mucho –se pusieron a comer. Las gambas eran enormes para satisfacer el más exigente de los apetitos. Cuanta menos gente se entere, menos pérdidas tendrá la empresa. Las acciones podrían bajar ante el mero rumor de que algo anormal está pasando.

–Entonces, ¿qué piensa hacer?

–¿Qué crees que debería hacer?

–¿No me diga que se va a tomar en serio la opinión de una simple secretaria? –bromeó para arrancarle una sonrisa, pero él le respondió con inesperada seriedad.

–Siempre he estado abierto a las sugerencias –le dijo con un tono de voz que no dejaba lugar a duda de su sinceridad.

–Bien, tiene razón al decir que el fraude merece la prisión, pero si yo conociera a la familia del acusado, me conformaría con echarlo de la empresa.

–Tienes un corazón muy blando.

–Solo cuando se trata de determinadas cosas –se apresuró a informarle Vicky.

–¿Me vas a decir qué es lo que saca a relucir la parte dura de tu personalidad?

–No –Vicky pudo sentir los ojos de Max sobre ella mientras daba cuenta de su ensalada–. ¿Cuál es el programa para mañana? –le preguntó, dando por zanjado el tema.

La hora siguiente se la pasaron hablando de los diversos aspectos del problema, y cuál sería su cometido. Para cuando pudo marcharse a su habitación, se sentía exhausta, y además preocupada, porque se daba cuenta de que con aquel viaje a Nueva York se estaba implicando más en un trabajo que sabía no podía durar.

Los dos días siguientes fueron los más interesantes de su vida laboral. El hombre acusado de fraude no era el frío delincuente que había esperado, y cuando lo llamaron a declarar ante dos contables externos y dos abogados, lo confesó todo rápidamente.

Sentada en la parte trasera de la sala, Vicky tomó nota en su impecable taquigrafía de todo lo que se estaba diciendo. Se estaba grabando todo lo que decía el acusado, pero ella pensó que no hubiera podido soportar volver a oír el llanto y las lamentaciones de aquel hombre para pasarlas por escrito.

La razón por la que había cometido el fraude había sido el grave accidente de circulación que había sufrido su hija. Necesitaba rehabilitación especial, pero su seguro médico no la cubría. De no haber conseguido el dinero, su hija se habría quedado coja para el resto de su vida.

Confesó que, en un principio, había tomado el dinero de la empresa a modo de préstamo, y que había tenido la intención de devolverlo antes de que se enterara nadie, pero la deuda se había hecho más grande de lo que había imaginado en un principio.

Durante las largas horas que duró la declaración de Harry Shoring, Max escuchó en silencio, y solo intervino en contadas ocasiones para hacer alguna pregunta. Tampoco tomó notas, aunque Vicky tuvo la certeza de que todos los datos estaban quedando grabados en su prodigiosa memoria.

Al final del segundo día, tras largas conversaciones con el contable y el abogado jefe, se comunicó a Shoring que no iría a la cárcel. Max dijo que pagaría de su fortuna personal el dinero que faltaba, acto de generosidad que provocó el agradecimiento del acusado, pero Harry tendría que jubilarse anticipadamente, y cobraría menos pensión para compensar por la malversación de fondos.

—¿Y qué va a pasar con Jessie? —preguntó con lágrimas en los ojos—. Iba... tan bien con... con la rehabilitación la pobrecita... Solo tiene catorce años...

—Correré con todos los gastos de su enfermedad hasta que la recuperación sea completa.

Dos horas más tarde, en la sala de conferencias, mientras Vicky daba el toque final a varios documentos que debían ser firmados, pensó en la generosidad que había mostrado Max. Al recordar muchos de sus comentarios en las últimas semanas, sintió algo muy fuerte y perturbador en su interior. Muy a su pesar, empezó a pensar que estaba traicionando a Max al no contarle lo de su hija Chloe, porque ya había dado muestras de ser un hombre en el que se podía confiar, y no tenía nada que ver con Shaun. Sin embargo, el miedo la superó. Al fin y al cabo, su hija no desempeñaba ningún papel en su vida laboral, ni nunca lo haría. Si tenía cuidado, Max no tenía por qué enterarse nunca.

Terminó el trabajo que le quedaba, y suspiró aliviada. Al día siguiente tomaría el primer vuelo, y llegaría a tiempo para recoger a Chloe en la escuela. Habían hablado dos veces al día, y Vicky se había llevado la sorpresa de descubrir que su hija no se había pasado todo el día llorando su ausencia. Chloe estaba creciendo. La adoraba, pero debía reconocer que aquellos días sin ella habían sido muy agradables. Ya se le había olvidado lo que era dormir una noche de un tirón, y levantarse sin tener que oír una insistente conversación infantil. Se había dado cuenta de lo difícil que era educar a un hijo sola, y por un momento pensó en lo agradable que le resultaría tener un hombre a su lado que la ayudara. De repente, se preguntó qué tipo de padre sería Max, y en la soledad de la enorme sala de conferencias enrojeció, y miró a todos los lados, como si temiera que ojos invisibles le hicieran un agujero en la·cabeza, y pudieran así enterarse de lo que estaba pensando.

Se encontraba tan sumergida en sus pensamientos, que cuando oyó la voz pensó que debía de estar soñando, pero al volverse lo vio apoyado en el marco de la puerta, vestido de modo informal, con unos pantalones verde oliva, y una camisa que resaltaba sus músculos.

–Acabo de terminar –dijo Vicky, por si acaso había ido a ver por qué estaba tardando tanto–. Había que mecanografiar muchos más documentos de los que esperaba.

–Muy bien. En ese caso puedes subir a tu habitación, darte una ducha, y ponerte tus mejores galas para cenar conmigo –sonrió, y se pasó los dedos por el pelo–. A no ser que tengas algún plan mejor.

–No tengo ningún otro plan –dijo Vicky. Apagó el ordenador, y se puso a ordenar los papeles que tenía sobre la mesa para ocultar su turbación. Max siguió apoyado en la puerta observándola, y se sintió como un ratoncillo que da vueltas sin parar en una rueda dentro de su jaula.

–Te espero en el bar dentro de –miró su reloj– cuarenta minutos. Tomaremos un taxi para ir al restaurante.

–¿Con todos los demás?

–Los demás estaban deseando regresar a sus hogares. Después de todo lo que han trabajado durante los últimos días, lo que más les apetecía era volver a la normalidad –le dijo Max secamente–. Celebraremos tú y yo solos el mejor final que podía haber tenido este asunto, dadas las circunstancias.

Le hizo un gesto de despedida, y abandonó la sala, dejando a Vicky atareada en recoger todos sus papeles. Después, subió a su habitación, y tras darse una ducha, revisó su vestuario, que le pareció bastante poco adecuado.

Al final se presentó en el bar del hotel diez minutos tarde, vistiendo unos pantalones negros, que formaban parte de uno de sus trajes de trabajo y un jersey de color crema, que se alegraba de haber metido en la maleta en el último momento, porque todo lo demás que había llevado solo era apto para trabajar.

Max la vio llegar antes que ella a él, y tuvo tiempo de contemplar con admiración las piernas tan largas que le hacían aquellos pantalones, y lo bien que le sentaba el jersey, que se adaptaba como un guante a su cuerpo. Se seguía preguntando qué le hacía aquella mujer para que se sintiera como un adolescente cada vez que la veía, pero empezaba a aceptarlo como algo inevitable. Cada vez estaba más compenetrado con ella, hasta el punto de que, a veces, podía intuir lo que estaba pensando según la expresión de su cara. Durante la semana anterior, se había encontrado a menudo contemplándola, sabiendo perfectamente cuándo estaba de acuerdo con lo que se estaba diciendo y cuándo no.

Mientras se dirigían al restaurante, Max se dio cuenta de que Vicky estaba tensa. Aquel local era uno de sus favoritos, porque a pesar de su excelente calidad, no estaba lleno de esnobs, como ocurría en muchos restaurantes de aquel tipo. Sabía que, al contrario de muchas mujeres que había frecuentado en el pasado, a Vicky no le impresionaría un local de aquellas características. No haría ningún comentario, pero arrugaría aquella naricita suya perfecta, expresando su desagrado. Debía admitir que deseaba impresionarla. Quería que viera que, aunque era un hombre sofisticado, no trataba de alardear de ello. Lo que significaba hacer que ella se sintiera a gusto, y muy a su pesar eso ocurría cuando hablaban de trabajo. Durante los exquisitos entrantes comentaron el fraude. Harry Shoring, agradecido por haberse librado de la cárcel, había aceptado abandonar la empresa lo antes posible con su reputación intacta, siempre que no tratara de buscar trabajo en otra empresa.

–¿Está contento con el desenlace de este asunto? –le preguntó Vicky, mientras él volvía a llenarle la copa de vino.

–Creo que hemos sido todo lo comprensivos que hemos podido –dijo Max.

–Ha demostrado una gran generosidad haciéndose cargo de todos los gastos sanitarios de la hija de Shoring.

Max, al ver la admiración que sentía Vicky por él, no supo si sentirse halagado o impaciente. Había hecho aquel gesto generoso sin pensar. El amigo de su padre, a pesar de lo que había hecho, tenía una hija enferma, y estaba arruinado. Él tenía dinero, y había hecho solo lo que debía hacer. No quería que lo admirara por aquel gesto altruista. Quería más, mucho más que eso, y en aquel momento sabía que estaba muy lejos de conseguirlo. Por lo menos había logrado que se relajara, aunque fuera gracias al vino.

–No fue nada –Max se inclinó sobre la mesa–. Y Vicky, por favor, deja de tratarme de usted.

–De acuerdo, pero insisto en que lo que hiciste fue muy importante –dijo mientras observaba cómo Max le volvía a llenar la copa–. A lo mejor para ti no tiene importancia, pero te aseguro que muchos no habrían hecho nada por Shoring, y además sin ningún tipo de remordimientos.

Max habría querido decirle que a todo el mundo le gustaba que lo adularan, pero que no era lo que él buscaba. Vio que a Vicky se le habían coloreado las mejillas, y se dio cuenta de que ya casi habían terminado la segunda botella de vino blanco que había pedido. Ella estaba jugueteando con la comida que tenía en el plato, hasta hacer la forma de una cara con las verduras que le habían quedado. Max sonrió ante un gesto tan infantil por parte de una mujer que se enfrentaba a la vida con tanta seriedad y eficiencia.

–Es una cara muy bonita. ¿Se trata de alguien en particular? –le preguntó. Había inclinado la cabeza hacia un lado, y estuvo a punto de soltar una carcajada al notar que se ponía muy roja, dejaba el cuchillo y el tenedor sobre el plato, y se ponía a mirar a su alrededor cómo si temiera que la hubieran estado observando–. Tal vez debiéramos marcharnos –dijo Max–. Y no te preocupes que nadie te estaba mirando. Este no es de esos sitios –le susurró, y al ver que le sonreía tímidamente sintió que el corazón le empezaba a latir muy deprisa, y la respiración se le volvía más agitada.

Se dio cuenta de que tenía que salir de allí lo antes posible, porque Vicky lo estaba volviendo loco. Pagó la cena, y dejó una espléndida propina porque no podía esperar a que el camarero le llevara el cambio. En el taxi era tan consciente de su presencia, que hasta podía sentir un cosquilleo en la piel. Vicky había bebido demasiado, y el efecto que le había causado estaba devastando los sentidos de Max

–Oh, acompáñame a mi habitación –le pidió Vicky, apoyada en su brazo, cuando él le señaló el ascensor, tras murmurar algo acerca de tomarse solo una última copa en el bar. Se le habían escapado algunos cabellos del moño, y jugueteaba con ellos mientras hablaba.

–De acuerdo –le dijo Max de mala gana–, pero creo que debes tratar de dormir bien esta noche. Tienes que estar exhausta.

–Nunca me he sentido tan despejada –le dijo Vicky con los ojos brillantes.

Mientras subían en el ascensor, Max se dio cuenta de que todavía tenía la mano puesta en su brazo, y la presión que ejercía sobre él estaba provocando una apreciable reacción en una determinada parte de su cuerpo.

Prácticamente, la arrastró hasta la puerta de su dormitorio, donde esperó pacientemente a que abriera la puerta. Al ver que no era capaz, le quitó la llave de la mano, y se la abrió él. Después, se hizo a un lado, educadamente, para dejarla entrar.

Vicky entró, y se volvió a mirarlo.

–Me lo he pasado de maravilla –le dijo, y después avanzó por el pequeño salón que tenía la habitación, y Max la siguió–. ¿Y tú? –le preguntó, volviéndose de repente, y acercándose a él.

–Yo también –respondió Max, y se aclaró la voz.

–Entonces, ¿por qué tienes esa cara de enfadado? –bromeó.

Los labios de Vicky todavía dibujaban una sonrisa cuando Max se inclinó sobre ella, y los cubrió con los suyos. Fue para él como probar el néctar por primera vez. Hubo un momento de indecisión por parte de Vicky, pero enseguida le correspondió con una pasión que igualaba la suya. Notó el cuerpo femenino arqueándose contra el suyo, y apretándose a él de tal modo, que Vicky debió darse cuenta enseguida de la urgencia de su respuesta. Max emitió un gemido ronco, y ambos cayeron sobre el sofá. Su primer pensamiento fue que tenía que ver los pechos de Vicky. Debía verlos, lamerlos, saborearlos. Quería tocar cada centímetro de aquel cuerpo que llevaba deseando durante tanto tiempo.

Cuando Vicky se quitó el jersey dejando a la vista sus senos, pequeños, pero turgentes, apenas cubiertos por el erótico encaje del sujetador, Max contuvo la respiración. A través del encaje pudo ver un pezón rosado, y empezó a lamerlo, pero su delicadeza fue demasiado para él. No podía esperar más.

Con la urgencia del deseo, le bajó el sujetador hasta dejar al descubierto los turgentes pechos de Vicky, coronados por unos pezones ya oscuros y erectos.

Con un gemido, ella atrajo la cabeza de él hacia sí, y Max sintió cómo le temblaba el cuerpo. Le chupó primero un pezón, y después el otro, con fruición, mientras que sus manos febriles abrían las piernas de Vicky, y le acariciaban los muslos.

Max pensó que, en la siguiente ocasión, y estaba seguro de que la habría, se tomaría su tiempo, convirtiendo el acto amoroso en una obra de arte. Pero en aquel momento la deseaba demasiado como para poder esperar.

Capítulo 6

VICKY se aseguró de encontrarse fuera de su despacho cuando regresara Max de Nueva York. Aunque sabía que llegaba a las nueve y media, por el correo electrónico que le había enviado el día anterior, no pudo evitar que el corazón le latiera a toda prisa mientras se escondía en el lavabo de señoras.

Durante los casi quince interminables minutos que llevaba allí, Vicky había estado haciendo como si se mirara al espejo, incluso con la polvera en la mano, por si acaso entraba alguien, y se preguntaba qué estaba haciendo allí Vicky Lockhart, la pequeña pelirroja, con los ojos brillantes y las mejillas encendidas. Era una empresa bastante pequeña, así que, a pesar del poco tiempo que llevaba allí, Vicky ya conocía a todo el personal por lo menos de vista. Si entrara alguien en aquel momento, y la viera allí, mirándose fijamente al espejo con las manos temblorosas, los labios secos y una expresión aterrorizada en el rostro, se apresuraría a llevarla al hospital más cercano, o la acosaría a preguntas curiosas para las que no tenía respuestas.

Lo único que sabía era que se había pasado los últimos días pensando en una sola cosa, o más bien en una persona.

Cuando pensaba en Max Forbes, su cerebro parecía cerrarse por completo, dejándola con unos recuerdos que la hacían estremecerse.

Se aferró al grifo de cromo, y centró su mirada en el lavabo, deseando que los recuerdos que la atormentaban desaparecieran, pero no lo consiguió.

Lo peor de todo era que pensaba que nada de aquello habría sucedido, si no lo hubiera invitado a su habitación. Era cierto que había bebido más de lo normal, pero no podía ser tan cobarde como para culpar solo a la bebida de lo sucedido entre ellos. La verdad era que se había sentido lo bastante relajada con Max en aquel restaurante como para dejarse llevar. Había cesado de poner barreras, sucumbiendo a su poderosa masculinidad, y a aquel tremendo atractivo sexual contra el que había luchado desde el momento en que lo conoció.

Abrió el grifo, y se mojó la cara con agua helada pero, incluso bajo el líquido elemento, notó cómo le ardían las mejillas. No solo había obligado a aquel hombre a entrar en su dormitorio, o al menos lo había puesto en la tesitura de pasar por maleducado de no haberlo hecho, sino que además había hecho lo impensable.

Vicky había visto cómo su cuerpo se convertía en puro fuego. Durante la cena, excitándose más y más cada vez que Max posaba sus ojos en ella. Para cuando llegaron al dormitorio, su imaginación se había encontrado en plena efervescencia, y ya no había podido dar marcha atrás.

Se había sentido la más sexy y atractiva de las mujeres. Recordó cómo había empezado a levantarse el jersey lentamente mientras que Max miraba atentamente con los ojos oscurecidos por el deseo lo que ella le estaba ofreciendo en bandeja de plata. ¿Qué hombre no se habría entusiasmado con semejante ofrecimiento? Ella había abierto las compuertas, besándolo y quitándose la ropa como una profesional. Seguro que, de vuelta a su dormitorio, Max no había podido evitar reírse tras presenciar semejante espectáculo. Pero mientras se lo ofrecía, no se había reído, sino que, para su satisfacción, la había contemplado con los ojos entrecerrados por el deseo, haciendo que ella se excitara más aún. Cuando sus bocas se unieron, Vicky pensó que, sin duda, había llegado el momento que llevaba esperando toda la vida, y al ver con qué pasión respondía Max, se había sentido más poderosa que nunca. Cuando le quitó el sujetador, sintió frío en sus cálidos pezones, y notó cómo se le ponían erectos. A partir de aquel momento, no había podido detenerse. Recordaba con pudor cómo le había dirigido la cabeza hacia sus pechos. Solo tenía una idea en la mente en aquel momento, calmar su ardiente deseo. Necesitaba sentir la boca masculina en sus pezones, que se los lamiera. Abrió las piernas, y Max le recorrió los muslos hasta llegar a su húmeda caverna, mientras ella permanecía tumbada con las manos detrás de la cabeza, arqueando el cuerpo para sentir con más intensidad las caricias masculinas.

Fascinada, vio cómo empezaba a quitarse la ropa, y al no poderse desabrocharse la camisa con la rapidez que necesitaba, acabó por tirar de ella, sacándosela por el cuello. Hacía tan solo unas horas habían sido el típico jefe y la eficiente secretaria que tomaba notas con las piernas cruzadas bajo una pudorosa falda. Nadie habría podido imaginarse siquiera que tan solo unas horas después se hubiera entregado a su jefe con la misma pasión febril que si se hubiera pasado toda su vida sin tener relaciones sexuales.

Vicky se miró al espejo. Tenía que asegurarse de que en su rostro no se reflejaba ni el remordimiento ni la culpa, antes de atreverse a regresar a su despacho. Había hecho el ridículo, pero no estaba dispuesta a perder la poca dignidad que le quedaba. Tenía que hacer que creyera que aquel episodio no le había dejado ninguna marca indeleble. Se rió frente al espejo de su propia mentira. Aquel momento de abandono le había costado muy caro. Se enderezó, sacó rímel del bolso, y se lo empezó a aplicar con dedos temblorosos.

Ni en la época más apasionada de su relación con Shaun, antes de que empezara a sentir repulsión hacia él, había experimentado aquel deseo tan intenso. Había tenido la sensación de no poder saciarse nunca de Max. Cuando abandonó sus pechos, y bajó por su vientre, dejando un rastro de humedad a su paso, empezó a sentir unas pulsaciones tan intensas entre las piernas que la hicieron retorcerse. El primer roce de su lengua contra el centro de su feminidad la había hecho gritar de placer, y agitarse en la cama, después había comenzado a moverse contra la boca de Max, arriba y abajo, de un lado a otro, mientras que él, aferrando con fuerza las caderas femeninas, hundía su lengua más y más dentro de su acogedora esencia, tan dulce como la miel. Al llegarle el orgasmo, Vicky había sentido vibrar todo su cuerpo, pero el acto amoroso había continuado todavía. Max había esperado a que cesaran las convulsiones, y había vuelto a excitarla cuidadosamente, como un maestro que afina su instrumento, y aquella vez había sido ella la que había explorado el cuerpo masculino, hasta que Max la había deseado con tanta intensidad, que la había guiado hasta su enorme erección. Ya no habrían podido detenerse, y no lo habían hecho. No tenía ningún sentido que en aquel momento se estuviera torturando delante de un espejo. Tendría que sufrir las consecuencias.

Se puso un poco de carmín en los labios, y pensó que no merecía la pena que se diera colorete, porque ya tenía demasiado color natural en las mejillas.

Acababa de guardar el pintalabios en el bolso, y estaba pensando que tal vez hubiera llegado el momento de salir, cuando se abrió la puerta del servicio, y entró Catherine, una de las secretarias de los directores de la empresa, que al verla suspiró aliviada.

–Te he estado buscando por todas partes. ¿Qué demonios le has hecho?

–¿Le he hecho? ¿Hacerle a quién? –preguntó Vicky, fingiendo no saber de qué le hablaban.

–¡A tu jefe! Entró en el despacho de Jeremy hace cinco minutos hecho una fiera, y me mandó que te llevara a su presencia, enseguida –Catherine la miraba con curiosidad, cómo esperando que le contara lo que estaba sucediendo–. ¿Qué está pasando? No lo había visto nunca tan enfadado, y llevo aquí desde que se fundó la empresa. ¿Qué has hecho?

–Será mejor que me vaya, Catherine, no es cuestión de que te metas en un lío por quedarte aquí conmigo demasiado tiempo –Vicky consiguió lo que quería, porque Catherine casi la empujó fuera del servicio, así que se encontró en su despacho con menos preparación de la que habría deseado.

Max la estaba esperando en el suyo con expresión severa, y como la puerta de cristal ahumado que dividía ambos despachos se encontraba abierta, enseguida se encontró con el rostro adusto de su jefe, que le indicó que se sentara frente a su mesa. Vicky lo hizo, cruzó las piernas, y esperó tratando de aparentar tranquilidad.

–¿Qué demonios es esto? –preguntó Max. Tomó una hoja de papel de su mesa, la sostuvo un momento en el aire, y la dejó caer sobre ella de nuevo, con gesto de rechazo. Vicky siguió todo el proceso con la mirada fija en la hoja, como si estuviera hipnotizada, antes de ser capaz de hablar de nuevo.

–Pensé que era lo mejor... Me di cuenta de que... Me temo que debido a mi propia estupidez... –como no se atrevía a mirarlo a los ojos, había fijado la vista en un lugar indeterminado a la altura de su hombro derecho. Max, con la cabeza inclinada hacia un lado, esperaba ya más tranquilo a que terminara de hablar–. Creo que lo sucedido en Nueva York ha comprometido mi posición en la empresa. Eso es todo –concluyó al darse cuenta de que no iba a encontrar ningún tipo de ayuda por parte de él, que había empezado a dar golpecitos en la mesa con el bolígrafo, poniéndole los nervios todavía más de punta–. ¡Y no actúes como si no supieras de qué estoy hablando! –murmuró, al ver que seguía en silencio–. ¡No creo que un jefe y su secretaria puedan seguir trabajando juntos como si nada después de haberse acostado! –Max golpeó más despacio con su bolígrafo, pero no se detuvo. El sonido la estaba volviendo loca.

–Sucedió –dijo Max, que se había echado hacia atrás en su asiento, y la miraba con los ojos entrecerrados y las manos detrás de la cabeza–. Esas cosas suceden, me creas o no. La gente bebe demasiado y...

–¡Lo sabía! ¡Sabía que me ibas a echar a mí la culpa! Me preguntaba cuándo lo harías.

–No estaba echando la culpa a nadie. Simplemente decía que la naturaleza humana no siempre es fuerte. Los dos cometimos un error –calló para dejar que Vicky lo digiriera–, pero no por eso tenemos que sacar las cosas de quicio. A no ser, claro, que creas que no vas a poder superar lo sucedido. En ese caso, comprendería que decidieras dejar el trabajo.

–¿Qué quieres decir con no poder superarlo? –preguntó Vicky con suspicacia.

–Simplemente quiero decir que, a lo mejor, lo ocurrido ha representado más para ti de lo que quieras admitir...

Vicky soltó una estridente risita histérica que confió fuera suficiente para dejarle claro lo absurdo que le parecía lo que acababa de sugerir. Por si acaso no había sido así, se lo aclaró aún más:

–Como bien has dicho fue un error, nada más.

–Entonces, ¿cuál es el problema? Nos olvidamos de lo ocurrido, y ya está. No quiero perder a una buena secretaria, y no creo que tú quieras perder un buen trabajo, y un salario espléndido. Así que hagamos un pacto: nos olvidamos de lo pasado, y no volvemos a hablar de ello. Créeme si te digo que me siento tan incómodo como tú, porque no apruebo que los jefes tengan relaciones sexuales con sus secretarias. Además, tras lo ocurrido podrías denunciarme por acoso sexual. Creo que como prueba de mi confianza en ti deberíamos seguir trabajando juntos. Te estoy pidiendo que te quedes.

–¿Y qué sucede si las cosas no funcionan? –preguntó Vicky, a la que no le había pasado desapercibido que Max había utilizado las palabras «tener relaciones sexuales», en vez de «hacer el amor».

–Pues, si no funciona... –se encogió de hombros, y fijó sus ojos grises en ella–. Ya tomaremos una decisión.

Vicky se quedó pensando en lo que ocurriría si se marchara, y él se empeñara en seguirla, aunque no fuera más que por su valía como secretaria. Desde luego no tenía ningún escrúpulo en presentarse en su puerta. El problema era que podía ver a Chloe. Por otra parte, quedarse era como abrir la caja de Pandora. Hacer el amor con Max había exacerbado sus emociones dejándola en un estado caótico. No sabía exactamente cuáles eran sus sentimientos, pero sí que tenía miedo, y no solo de que se enterara de lo de Chloe, sino también de lo que podría hacerse a sí misma, simplemente pasando tiempo con él. Cada vez le resultaba más difícil estar a la defensiva, y un día cometería un fatal error.

–Probaremos un par de semanas –dijo Vicky–, pero solo con una condición, que si me doy cuenta de que no puedo seguir trabajando para ti, me dejarás tranquila. Respetarás mi decisión, y no tratarás de convencerme para que me quede.

–Por supuesto –aceptó Max, contento de que hubiera decidido quedarse. Se preguntó qué habría hecho de haber seguido empeñada en dimitir. Hasta el momento en que ella llegó a su vida, siempre había sabido lo que hacer en cada momento, pero aquella mujer había puesto su vida cabeza abajo. Se sentía como un náufrago aferrado a una tabla en medio de una tormenta. Sin saber a dónde ir, ni cuándo iba a terminar aquella terrible experiencia.

–Muy bien –dijo Vicky, sin mirarlo.

Se preguntó qué habría significado para ella que hubieran hecho el amor. Su rostro no le aportaba mucha información y, de repente, experimentó el imperioso deseo de obligarla a confesar que había sentido temblar la tierra bajo sus pies; que nadie la había excitado del modo en que él lo había hecho. En resumen, quería que le dijera que era el mejor.

Irritado por su infantilismo, empezó otra vez a dar golpecitos sobre la mesa con el bolígrafo mientras en su mente aparecía la perturbadora imagen de Vicky desnuda. Recordó lo excitado que se había sentido. Cada pedazo de piel femenina había sido una revelación. Todavía le hacía temblar recordar el sabor de sus pezones. Acostarse con ella, lejos de disminuir sus fantasías, las había incrementado. En aquel mismo momento, habría cerrado la puerta de su despacho, y sin preocuparse de lo que pudieran pensar los demás, le habría quitado aquel recatado traje de chaqueta gris, y la habría tumbado sobre su mesa, abierta a sus manos y a su boca. Le habría encantado chuparle sus deliciosos pezones en aquel mismo momento, mientras el fax mandaba algún mensaje, la luz del teléfono le indicaba que tenía llamadas esperándolo, y entraban importantes correos en el ordenador. No creía que hubiera nada más erótico que dejar que el mundo de las finanzas esperara a que satisficieran sus necesidades. Se aclaró la garganta y, nervioso, aparentó ojear algunos de los documentos que tenía en su maletín, abierto sobre la mesa. Haciendo un tremendo esfuerzo, consiguió hablar con ella, para que le pusiera al día de lo que había pasado en la empresa durante el tiempo que llevaba fuera.

Vicky ya se marchaba cuando Max le preguntó:

—¿Qué te dijo Andy Griggs de tu casa?

Vicky, con una mano en el pomo de la puerta, se volvió a mirarlo. Ya se había olvidado de Andy Griggs.

—Lo veré esta tarde. Tuve que cancelar nuestra cita anterior —le dijo— pero, por supuesto, no empezaré ningún tipo de reforma, hasta que no sepa si voy a permanecer en la empresa o no.

Max sintió una mezcla de impotencia, pánico y rabia.

—Naturalmente —le dijo Max, encogiéndose de hombros—. De todos modos, ¿has decidido lo que te gustaría hacer?

—Bueno... —Vicky dudó—, ya me había dado cuenta de que la casa necesitaba urgentemente una reforma. Al llegar a Inglaterra no le di mucha importancia porque estaba ocupada resolviendo otros aspectos de mi vida, pero el fin de semana pasada miré detenidamente, y... —suspiró—... La verdad es que tengo que cambiar muchas cosas. Estaba bien tener cuatro habitaciones pequeñas cuando la alquilaba, pero ahora creo que sería mejor agrandar una de ellas, y tal vez hacer un estudio, donde colocar el ordenador —de repente, meneó la cabeza, y sonrió como disculpándose, consciente de que, una vez más, había hablado más de la cuenta—. No tengo ni idea de por qué estoy planeando todo esto —dijo con firmeza—, porque hay muchas posibilidades de que no siga en la empresa... —miró hacia el suelo tras decir esto, porque las razones de su partida estaban lo bastante presentes en su mente como para hacerla temblar—... E incluso si siguiera aquí, no tengo bastante dinero para acometer la reforma.

–El dinero no es problema.

–Para ti quizás no –abrió la puerta, porque no quería verse metida en una conversación que iba a hacer que recordara la seguridad económica que perdería al dejar la empresa–. ¿Algo más? Creo que podré tenerlo casi todo terminado antes de marcharme esta tarde, y el resto lo haré a primera hora de la mañana, si te parece bien.

–Perfecto. No vendré esta tarde a la oficina. Espero que cuando regrese mañana por la mañana, no me encuentre con ninguna sorpresa.

Vicky se ruborizó, pero no dijo nada. Max le hizo un gesto con cabeza que ella interpretó como que no tenía nada que decirle, y regresó a su despacho, suspirando aliviada por encontrarse ya fuera de su vista, aunque las cosas no hubieran salido como había planeado, y en ese momento no estuviera camino de una agencia de colocación para que le encontraran otro empleo. Pero no quería engañarse. Sabía que una parte de ella se alegraba de no haberse tenido que marchar. En realidad, era la misma parte que la había animado a quitarse el jersey hacía unas noches, y a ofrecerse a un hombre del que sabía perfectamente que debía mantenerse a distancia. La misma parte que se había convertido en adicta a su sentido del humor, a cada cambio en su expresión y en su voz. Se había puesto a escribir unas cartas en el ordenador, pero su imaginación volaba a terrenos peligrosos, a un sitio sin posibilidad de regreso, a donde su corazón parecía haberse fugado sin que ella se diera cuenta.

Estaba tan metida en sus pensamientos, que se sobresaltó al verlo entrar en su despacho comprobando que no le faltaba nada en los bolsillos de la americana, gesto que se había convertido ya en predecible para Vicky. Sus manos se detuvieron sobre el teclado, y se dio cuenta de que los nervios la estaban traicionando. Hasta creyó sentir cómo la sangre le corría por las venas. Se había enamorado de él, y era como si se hubiera envenenado. Max tuvo que repetirle tres veces que la vería por la mañana, antes de que se enterara, y asintiera, sin atreverse a abrir la boca, porque sabía que su voz la delataría. Sin embargo se lo comió con los ojos: los ángulos de su rostro, su labio inferior, tan sensual, que prometía algo más que sexo satisfactorio. Se sintió culpable, pero a la vez feliz de haber tocado aquel cuerpo musculoso.

Cuando Max cerró la puerta, sintió su cuerpo desplomarse en la silla, y para ella fue un tremendo alivio poder dar por terminado, por fin, el trabajo de aquel día un poco antes de las cinco. Iría a recoger a su hija, y recuperaría un poco de la cordura perdida. Chloe, con su incesante charla sobre lo que había hecho en el colegio aquel día, no dejaría sitio en su cabeza para pensar en Max.

Pero, por desgracia no dejó de pensar en él durante todo el tiempo que estuvo con su hija, y cuando la acostó, y abrió la puerta al arquitecto, se sentía agotada mentalmente de tanto darle vueltas a las cosas.

No le ayudó a sentirse mejor el hecho de que Andy le dijera que la casa necesitaba una reforma urgente, porque tenía muchas humedades. Mientras se tomaban una taza de té, el arquitecto le dio además muy buenas ideas para dejar su casa como nueva.

–No tengo dinero para todo eso –confesó Vicky con sinceridad–. Creo que de momento tendría que hacer una pequeña reforma para salir del paso. Un poco de pintura, o papel pintado. Algunos muebles nuevos...

—Pero eso no le solucionará el problema de las humedades.

—Bueno, seguramente usted podrá encontrar una solución temporal —le dijo un poco impaciente. No había cenado, y empezaba a sentir un agujero en el estómago.

—Los parches nunca son la solución —le dijo mientras Vicky pensaba que aquel arquitecto de mediana edad tenía dotes de vendedor.

—Muy bien, pensaré en lo que me ha dicho.

—Le enviaré un informe detallado lo antes posible —le aseguró el arquitecto mientras se levantaba—. Le aconsejo que haga la reforma completa. De todos modos, le va a costar una cuarta parte de lo que le costaría si no se beneficiara de la política de subvenciones de la que gozan los empleados de la empresa —añadió mientras se encaminaban a la salida— y, además, tendría que esperar muchos meses a que le empezaran la reforma —Vicky se apresuró a abrirle la puerta, antes de que pudiera convencerla con su persuasiva charla—. De hecho —le dijo, deteniéndose a mirarla pensativo—, tengo entendido que podrían dar el visto bueno para empezar la obra la semana que viene. En menos de cuatro semanas podría convertir este lugar en la casa de sus sueños.

Vicky se echó a reír.

—¡Váyase antes de que me convenza! Pensaré en lo que me ha dicho.

Y lo hizo mientras se preparaba algo de cena, y después se soltaba el pelo, pasándose los dedos por toda su longitud. Sin duda, tenía que hacerse un corte más apropiado para una madre.

Andy Giggs la había convencido, sin presionarla. Todo lo que le había dicho le había parecido profesional y sincero. Muchas de sus sugerencias habían sido tan tentadoras, que todavía salivaba cuando pensaba en ellas. Hasta la había convencido de que, cambiando la escalera de sitio, podría modificar toda la estructura de la casa. Cuando le mandara los planos con sus sugerencias, los guardaría en algún lugar seguro donde no pudiera verlos. Los sacaría alguna vez, cuando tuviera ganas de soñar un poco, porque no se le ocurría el modo de conseguir el dinero suficiente como para hacer realidad sus sueños, sobre todo si se marchaba de la empresa, y no le daban ninguna ayuda para la obra. Pero, ¿quién podría decir lo que le depararía el futuro? Tal vez le tocara la lotería, si se decidía a jugar.

Estaba fregando con la radio puesta cuando oyó que llamaban a la puerta. Pensó que el arquitecto debía de haberse olvidado algo, y no pudo evitar sentir fastidio, porque eran las nueve de la noche, y ya se disponía a entrar en su rutina de todas las noches: ver las noticias en la televisión, y leer un rato hasta quedarse dormida. Podía también haberla visto tan entusiasmada con sus sugerencias que regresaba ya con el proyecto en las manos. La idea la hizo sonreír, y estaba aún sonriendo cuando al abrir la puerta se encontró con Max Forbes, todavía con traje, aunque se había quitado la corbata, y desabrochado el botón superior de la camisa. La brisa le había desordenado los cabellos, y la oscuridad exterior hacía parecer aún más angulosos los rasgos de su cara. Vicky se preguntó qué estaría haciendo allí, y tuvo que resistir la tentación de volverse a ver si su hija se había despertado con el timbre, y estaba en lo alto de la escalera frotándose los ojos. Muchas preguntas asaltaron su mente. ¿Por qué había solicitado un trabajo en aquella empresa? ¿Por qué había aceptado el empleo? ¿Por qué se había quedado, aunque su sentido común le decía que no lo hiciera? Y sobre todo, ¿por qué se había entregado a él? ¿Por qué había hecho el amor con él? ¿Por qué se había enamorado de él?

–¡Hola! –le dijo–. ¿Qué estás haciendo aquí?

Estaba muy femenina con el pelo suelto, cayéndole sobre la espalda, una camiseta pegada al cuerpo y unos vaqueros desgastados, muy ajustados.

–Andaba por el barrio, y decidí venir a ver cómo te había ido con Andy –le dijo, apoyado en el marco de la puerta. Vicky sintió que invadía su espacio, y retrocedió un poco, pero no lo invitó a entrar.

–¿Otra vez en este barrio? Parece que te mueves mucho por aquí.

–Warwick es un sitio pequeño –se encogió de hombros–. Tengo unos amigos que viven cerca de aquí, y me invitaron a tomar una copa. Me da la sensación de que me quieren emparejar con su hija, pero no tienen ninguna posibilidad, porque es muy aburrida. No tiene conversación alguna. Bueno, ¿qué te ha dicho Andy?

–Bueno, tenía muchas buenas ideas –le dijo Vicky, sin permitirlo entrar todavía–. Ya le he dicho que me lo pensaré.

–¿No será que no has querido comprometerte a nada por lo ocurrido entre nosotros? –le dijo–. Mira, una de las razones por las que he venido ha sido para preguntarte una cosa, que me lleva rondando la mente las últimas dos horas. ¿Te sientes insegura cuando estás cerca de mí? ¿Acaso crees que si estamos juntos más de cinco minutos te voy a poner las manos encima, solo porque un día hicimos el amor?

–Claro que no –respondió Vicky, tensa.

–¿De verdad? –le preguntó con suavidad, y Vicky se preguntó si lo que buscaba no sería alimentar su ego, que ella admitiera que cuando lo tenía cerca era incapaz de pensar coherentemente.

–Sí. Y ahora, si eso era todo...

–Lo cierto es que no –le dijo, y le mostró unos papeles, que seguramente había tenido todo el tiempo en la mano, pero que ella no había visto–. Este documento que has mecanografiado está lleno de errores.

–¿De verdad? –tomó los documentos, horrorizada de haber cometido un error, sobre todo después de haber sido especialmente cuidadosa con aquel documento por tratarse de aquel cliente en particular.

–¿Tienes un ordenador y una impresora? Tendrás que hacer las modificaciones ahora, porque deberé regresar a mi despacho para mandarlo por fax, de modo que el cliente lo tenga en sus manos a las cinco y media de la mañana, que es cuando Bill se marcha para el Lejano Oriente. Me parece que voy a tener que entrar.

Capítulo 7

AL ver reflejado en el rostro de Vicky lo mal que le sentaba darse cuenta de que no le quedaba más remedio que dejarlo entrar, Max tuvo que hacer un esfuerzo para seguir sonriendo. Sabía muy bien que no debía estar allí, pero prefería no pensar en ello, porque le planteaba demasiadas preguntas frustrantes.

—¿Hay algún problema? —le preguntó con la cabeza ladeada y las manos en los bolsillos de los pantalones—. No me voy a quedar mucho tiempo, lo suficiente como para rectificar ese documento, y huelga decir que no estaría aquí si no lo hubieras mecanografiado mal.

Vio que Vicky se ruborizaba, y sintió un amago de culpabilidad, porque la realidad era que lo de los errores en el documento había sido una excusa para presentarse en su casa.

Estaba convencido de que tenía un amante secreto, y pensó que presentándose de improviso en su casa saldría de dudas.

—Bueno —lo miró dubitativa, mordiéndose el labio inferior con nerviosismo—. Estaba a punto de irme a la cama...

—¿A esta hora? —Max miró su reloj, y exageró un

poco su sorpresa–. Sé de gente que lleva una vida muy tranquila, pero, ¿no te parece un poco exagerado acostarte a las nueve? –le dijo Max, que se preguntaba si su deseo de irse a la cama a aquella hora tan temprana no tendría que ver con el hombre misterioso que imaginaba esperándola en el dormitorio–. No me digas que necesitas una cura de sueño –le dijo. Trató de echar un vistazo a la escalera, pero no pudo ver nada porque estaba en completa oscuridad. Vicky siguió su mirada irritada.

–Bueno, si estás seguro de que no nos va a llevar mucho tiempo –se hizo a un lado, y lo dejó pasar, sin dejar de pensar un momento que Chloe estaba en la planta de arriba profundamente dormida. No había prácticamente ninguna posibilidad de que se despertara y bajara. Siempre dormía muy bien, y no se despertaba hasta que entraban los primeros rayos de luz por la ventana de su habitación.

Aun sabiéndolo, Vicky no pudo evitar mirar con preocupación hacia arriba mientras llevaba a Max al lugar más seguro para su hija: la cocina.

–Lamento el desorden –le dijo mientras hacía sitio sobre la mesa de la cocina para que él pusiera los papeles que había llevado. La cocina era la estancia de la casa en la que había menos posibilidad de que se creara un ambiente apropiado para que ella perdiera la cabeza de nuevo–, pero acabo de terminar de cenar.

–¿Ah, sí? –le preguntó Max, que se había acomodado en una de las sillas, para contemplarla a sus anchas mientras limpiaba la mesa y ponía el agua a hervir.

–Simplemente judías blancas con tomate y pan.

–Estoy hambriento –dijo como quien no quiere la

cosa–. Pasé por el despacho después de la reunión para recoger la carta, y me vine directamente aquí para que hiciéramos las correcciones. No he comido nada desde el mediodía.

Vicky se volvió a mirarlo, y se encontró con toda la inocencia del mundo reflejada en el rostro de Max.

–¿Es una indirecta para que te dé de cenar? –le preguntó un poco impaciente.

–Bueno, habría tenido tiempo de sobra para cenar con... para comer algo esta noche, de no haber tenido que venir aquí corriendo para solucionar lo de la carta.

–Me temo que no tengo nada interesante en el frigorífico –le dijo Vicky, preguntándose qué diría Max si le ofreciera dinosaurios de pavo, palitos de pescado o patatas fritas con forma de muñecos–. Podría hacerte un bocadillo de queso.

–Preferiría las alubias con tomate –estiró las piernas, las cruzó a la altura de los tobillos, y se echó hacia atrás en la silla con las manos detrás de la cabeza–. No las he tomado desde que... creo que desde que era un niño, ahora que lo pienso.

Vicky sacó una lata de alubias blancas cocidas de uno de los armarios, y vertió su contenido en el cazo que había usado hacía media hora para calentar las suyas. Después metió dos rebanadas de pan en el tostador, y se volvió a mirarlo, apoyada en la repisa con los brazos cruzados.

–¿Qué te hacen para cenar tus novias? –le preguntó con inocencia.

Vicky pensó en novias como lo opuesto a aventuras de una noche con empleadas borrachas. Novias que hacían las cosas normales en una novia, como cocinar para su chico, en vez de aventuras de una noche a las que se les podía ordenar cancelar los planes que tenían una noche, y hacerlas cocinar, y después, de postre, pasar a máquina un montón de folios hasta Dios sabía qué hora de la mañana.

—Desde luego judías blancas con tomate no.

—¿Entonces, qué? —insistió Vicky.

—Si recuerdo bien, un par de ellas intentaron hacerme una cena de tres platos...

—¿Intentaron?

—Mi cocina no está preparada para guisar nada elaborado. Vaya, ¡qué bien huele! ¿Podrías ponerme un poco de queso encima?

El pan saltó del tostador, Vicky le puso abundante mantequilla, vertió las judías sobre él, y espolvoreó queso generosamente encima. Puso el plato delante de Max, que pareció disfrutar de él como si se estuviera comiendo un solomillo.

—Creo recordar que tienes una cocina muy bien equipada.

—Sí, pero lo que te he dicho sucedió antes de reformarla. ¿Puedo beber algo? ¿Una taza de té quizás? Con leche y dos azucarillos.

—¿Estás seguro de que no quieres nada más? Te puedo preparar una tarta de ciruelas de postre —le dijo Vicky con sarcasmo—. Era una broma —se apresuró a decirle cuando vio que se quedaba mirándola con la comida camino de la boca.

—Hace mucho tiempo que no como tarta de ciruelas.

—¡Por el amor de Dios, si tus novias pueden preparar cenas de tres platos, pueden hacer también una tarta de ciruelas, y calentarte unas judías! ¡No requiere ningún talento especial!

—Una tarta de ciruelas requiere mucho talento —la contradijo—, y mis novias no cocinan para mí, porque no las animo a ello.

—¿Y para qué quieres una cocina tan completa, si nunca la usas? —le preguntó desconcertada, pero enseguida creyó comprenderlo—. Ah, claro, tú eres el que cocinas —de repente Vicky se lo imaginó cocinando solo con el delantal puesto, sin nada debajo, mientras que ella lo distraía de sus tareas con sus caricias. Tuvo que parpadear para alejar aquella imagen tan erótica de su mente.

—¡No seas absurda! —suspiró satisfecho por la cena, se levantó con el plato, y lo fregó, bajo la mirada atónita de Vicky—. No me gusta que las mujeres cocinen para mí. Así no se les ocurren ideas raras...

—¿Qué tipo de ideas?

—Ideas de permanencia.

—¡Ah, ese tipo de ideas! Por supuesto, ¿qué hombre en su sano juicio podría desear que una mujer se hiciera ideas de permanencia, cuando pueden gozar de los frutos de una relación sin comprometerse?

Max se volvió hacia ella.

—No creo que esto tenga mucho que ver con la finalidad de mi visita, ¿no te parece?

Vicky enrojeció de vergüenza. Lo había dejado entrar por que no le había quedado más remedio, y aunque sabía que debía conseguir que se marchara lo antes posible, se había enfrascado con él en una conversación absurda, solo porque se moría de curiosidad.

—Muy bien —Vicky se limpió las manos con un paño de cocina, se sentó a la mesa, y empezó a revisar los documentos. Las primeras correcciones que vio, en un insultante color rojo, le hicieron fruncir el ceño–. ¿Estás seguro de que lo que has corregido no estaba bien? Porque veo que lo único que has hecho ha sido volver a escribir con otras palabras lo que decía el borrador original.

–He añadido algunas cosas nuevas –aseguró Max.

–¿Importantes?

–¿Me estás interrogando?

–No, claro que no. Solo me preguntaba... –siguió inspeccionando el resto de los documentos en silencio. Si lo mecanografiaba deprisa, lo terminaría en cuarenta y cinco minutos–. Tengo el ordenador en el cobertizo –le dijo mientras se ponía de pie–. No tardaré mucho en terminarlo. No hace falta que vengas –le dijo, al ver que se levantaba él también–, allí no hay mucho espacio.

–¿Por qué tienes el ordenador en el cobertizo? –le preguntó mientras salía de la casa detrás de Vicky, sin hacer caso de su petición de que se quedara. Enseguida, entraron en el cobertizo que albergaba la lavadora, la secadora, varias cuerdas de colgar ropa tiradas en el suelo y unas botas de goma en un rincón. Vicky encendió una estufa eléctrica, y puso una silla delante de la mesa donde tenía el ordenador.

–No hago más que decirme que lo tengo que cambiar de sitio –dijo Vicky mientras ponía en funcionamiento el ordenador–. Cuando regresé de Australia fue lo primero que compré, pensando en trabajar en casa. Como cuando lo trajeron no estaba en casa, mis vecinos lo metieron aquí, y luego me dio tanta pereza trasladarlo a una de las habitaciones, que aquí sigue. Además me gusta este sitio –se concentró en la pantalla, abrió un archivo nuevo, y empezó a teclear a toda prisa.

–¿Te gusta el cobertizo?

–No sé por qué te sorprendes tanto. Todo el mundo tiene un lugar especial –le informó Vicky, mirando la pantalla–. Solía hacer meriendas con mis amigos aquí cuando era pequeña, y me encantaba este sitio, porque al estar separado de la casa me daba una cierta privacidad.

–Veo que recuerdas tu infancia con cariño –le dijo Max, que sin que ella se hubiera dado cuenta se había situado detrás, con las manos apoyadas a ambos lados de la mesa y la cabeza inclinada sobre Vicky, para poder leer el documento, al mismo tiempo que ella lo mecanografiaba.

Notó la suave respiración masculina contra su cuello, y se sintió tan excitada que los pezones se le endurecieron de inmediato. Se preguntó si él estaría dándose cuenta, porque la camiseta que llevaba era muy fina y ajustada. Le habría gustado mirar hacia abajo para comprobar si se le marcaban los pezones, pero no se atrevió. Se concentró en lo que estaba haciendo para terminarlo cuanto antes, pero le resultó difícil, porque se sentía cómo aprisionada por los brazos de Max. Saber que por poco que se moviera se iba a rozar con él le producía una especie de mareo.

–No, no, esas cifras no están bien. Retrocede a la página anterior –Vicky obedeció. Max tomó el ratón para señalarle las cifras en la pantalla, y al hacerlo sus cuerpos se rozaron. Vicky asentía con la cabeza a lo que le decía Max pero, en realidad, no se estaba enterando de casi nada. Lo único que deseaba era llegar a la última página lo antes posible.

Cuando terminó, guardó lo escrito, y pidió a Max que encendiera la impresora.

–Bien hecho –le dijo él mientras veía salir los folios de la impresora. Los recogió, y se puso a revisarlos, apoyado en la lavadora.

Era consciente de que, si le decía que había algún otro error, le podría tirar el ordenador a la cabeza. Sabía perfectamente que no era justo que irrumpiera en su vida de aquel modo cuando lo que necesitaba era un poco de privacidad para poder asimilar lo que había sucedido entre ellos.

–¿Está todo bien? –le preguntó Vicky mientras se apresuraba a levantarse de la silla, y así evitar encontrarse atrapada otra vez. Cuando lo vio asentir, apagó el ordenador y lo desenchufó.

–Es una casa vieja. Hay que tener cuidado con los cortacircuitos –dijo al ver que Max la miraba extrañado.

–Eso me recuerda que Andy estuvo aquí esta tarde. ¿Qué te dijo? –preguntó a Vicky mientras recogía los documentos, y los guardaba en su maletín. Salieron del cobertizo, y se dirigieron otra vez a la cocina.

–Que hay humedad, y para acabar con ella, habría que hacer una reforma considerable en la casa. Va a hacer un estudio, y me lo enviará, junto con un presupuesto, dentro de unos días –se encogió de hombros, y cruzó los brazos–. Lo echaré un vistazo –dijo para no dar lugar a una conversación más larga que pusiera en peligro la suerte que había tenido hasta aquel momento de que no se despertara su hija.

–¿Te apetecería que nos tomáramos algo? Una taza de café quiero decir, no una bebida alcohólica –Vicky lo miró, y le pareció leer en sus ojos que estaba tratando de recordarle adónde los habían llevado una vez las bebidas alcohólicas.

–Bueno, pero sin demorarnos mucho –aceptó Vicky, luchando por que no se le notara la irritación.

–Por supuesto. No se me ocurriría siquiera pretender que cambiaras tu rutina de todas las noches –murmuró Max educadamente.

–No he dicho que mi rutina nocturna implique acostarme todos los días a las nueve. Por si no lo sabes, salgo algunas noches –se volvió hacia el fregadero para llenar de agua un recipiente, tan enfadada, que abrió el grifo demasiado y se mojó.

–¿Ah, sí? ¿Hay muchos sitios por aquí adonde ir? Normalmente suelo acercarme a Londres cuando salgo por la noche.

–Depende del tipo de diversión nocturna que busques.

Vicky esperó sonar misteriosa, y con una vida nocturna muy intensa a oídos de Max, y no como alguien que estaba tratando de contestar con evasivas porque, en realidad, desde que había nacido su hija no había tenido vida nocturna. La diversión hacía tiempo que no existía en su vida. Cuando vivía en Australia, aunque Shaun no la quería, el pensamiento de que alguien pudiera hacerlo lo enloquecía, así que la controlaba constantemente, apareciendo por su casa cuando le venía en gana. Ella lo soportaba, temerosa de que pudiera llevarse a su hija. Pasados los años, se preguntaba cómo podía haber soportado todo aquello; se daba cuenta de que la ley la habría protegido, pero en aquel entonces tenía demasiado miedo como para pensar de un modo coherente.

–Supongo que así es –respondió Max. Vicky le pasó la taza de café, y sus dedos se rozaron–. ¿Qué tipo de vida nocturna te gusta a ti? Aún eres joven. ¿Te gusta ir a las discotecas?

–¡No! Dios mío creo que hace siglos que no voy a una –casi sonrió al pensar en ella misma yendo a la discoteca con su hija.

–¿Por qué no?

–Porque no me gustan ese tipo de sitios –respondió Vicky, que en el fondo estaba diciendo la verdad.

–¿Entonces...?

–Voy al cine, por ejemplo. Bébete el café, o se te va a quedar helado. Para ver si le servía de ejemplo, Vicky dio varios sorbos al suyo, y lo dejó sobre la encimera de la cocina, dándolo por terminado pero, para su exasperación, Max siguió bebiéndose el suyo con la misma lentitud.

–No paras de dar golpecitos con el pie en el suelo, y me estás poniendo nervioso –Vicky, que no se había dado cuenta, dejó de hacer de inmediato lo que le reprochaba Max, que posó la taza sobre la encimera bruscamente, y se dirigió hacia la puerta. Vicky, asombrada, tardó un momento en reaccionar y seguirlo–. Muy bien. Gracias por tu ayuda, Vicky, aunque haya sido de mala gana.

–Lo siento. No quise darte esa impresión. Lo que pasa es que soy una de esas aburrridas mujeres muy apegadas a sus costumbres, y si me salgo de ellas, me cambia el humor.

–Lo recordaré en el futuro –dijo Max, y abrió la puerta principal.

De repente, sucedieron dos cosas: una ráfaga de viento cerró la puerta de la cocina de un portazo que resonó en la casa como si fuera un trueno y, de repente, se oyó gritar a alguien en el piso de arriba.

Vicky pensó que se le helaba la sangre en las venas. Durante un minuto o dos pensó que se había convertido en un bloque de hielo, pero enseguida su cerebro reaccionó, procesando todas las cosas horribles que podrían suceder a causa de aquel grito de miedo que acababan de oír.

–¿Qué demo...? –empezó a decir Max. Dio un paso para entrar en el vestíbulo, pero Vicky le puso las manos en el pecho, en un vano intento de impedirle que volviera a entrar–. ¿Qué está pasando aquí? –preguntó Max con brusquedad, sin dejar de mirar hacia la escalera.

Chloe volvió a gritar.

–¡Mamá! ¿Dónde estás?

Vicky corrió escaleras arriba, subiéndolas de dos en dos con el corazón a punto de salírsele del pecho. Cuando llegó a la habitación, estaba sin aliento. Cerró la puerta tras de sí. Estaba segura de que para entonces Max habría vuelto a entrar en la casa, y esperaba su regreso para que le diera alguna explicación, eso si no estaba ya subiendo las escaleras, dispuesto a exigir que le contara lo que estaba sucediendo.

–¡Shh! –susurró a su hija que, incorporada en la cama, bostezaba, y se frotaba los ojos muerta de sueño–. No pasa nada, cariño. El viento hizo que la puerta de la cocina diera un portazo.

–¡Oh, creí que había sido un trueno!

–Tienes que volver a quedarte dormida –le dijo, con una sonrisa tranquilizadora, mientras le acariciaba la frente–. Mañana debes ir al colegio, y ya sabes que a la señora Edwards no le gusta que se le queden dormidos sus alumnos en clase.

–¿Puedo bajar a beber algo?

–No, cariño.

–¿Por qué no?

–Porque no hay nada en la nevera. Tenemos que ir al supermercado mañana.

–Puedo ir a verlo yo.

–Está demasiado oscuro, Chloe.

–¡Por favooor!

A Vicky le dio la sensación que en vez de tranquilizar a su hija, lo que había conseguido era despertarla por completo. Dentro de un momento, estaría en pie con ganas de jugar.

–Vamos a hacer una cosa, Chloe, bajaré yo a ver si te puedo traer un batido. Te lo puedo hacer con un poco de leche.

–¿Cuándo?

–Dentro de un momento.

Aquella explicación pareció surtir efecto, porque la niña se volvió a echar, y no tardó mucho en volver a quedarse dormida.

Vicky salió de puntillas de la habitación, y se dirigió a la planta de abajo, deseando con todas sus fuerzas que Max se hubiera marchado. Pronto se dio cuenta de que sus deseos no se habían cumplido: la estaba esperando junto a la escalera con una mirada bastante sombría.

–¿Te importaría decirme qué es lo que está pasando?

–Pues la verdad es que sí –le respondió Vicky muy erguida. Deseaba que la invadiera la ira, en vez del miedo y la culpabilidad porque, de lo contrario, Max Forbes no tardaría en detectarlo. Pensó que, tal vez, debería decirle parte de la verdad–. Quiero decir, que en este momento sí me importa. Preferiría hacerlo en otra ocasión, por favor.

–¿Porque ya es tarde para ti? –le preguntó con sarcasmo–. Estabas mintiendo, ¿verdad? Te acuestas pronto porque eso es lo que no les queda más remedio que hacer a las mujeres con hijos. ¿No es así? ¿Cuántos años tiene el niño? Seis, siete. ¿O es mayor?

–Es una niña. Mañana te lo explicaré, pero márchate, por favor.

–¡No! –le dijo, con frialdad–. Mentiste sobre ella en la entrevista de trabajo. Como jefe tuyo, tengo derecho a saber qué otras mentiras me has contado.

–No he contado ninguna otra mentira –respondió Vicky, ofendida.

–Será mejor que sea yo quien lo juzgue.

Se adentró en el vestíbulo, sin que Vicky pudiera impedirlo. Ella miró hacia la escalera que, por suerte, estaba vacía, y después se volvió hacia él, con los puños apretados y dureza en la mirada.

–Muy bien –murmuró con los dientes apretados–. Vamos al salón. Te contaré lo que quieres saber, y después, te marcharás. ¿Está claro?

Max hizo caso omiso del tono de orden que empleó Vicky, pero por lo menos la siguió al salón.

Max se acomodó en uno de los sillones, ocupándolo por completo, y Vicky, después de cerrar la puerta tras de sí, se sentó en el brazo de otro que había frente a él. No hacía más que darle vueltas a la cabeza, tratando de encontrar un modo de hacerlo marcharse lo antes posible. Todas las peores pesadillas que había tenido desde que empezara a trabajar para él estaban a punto de hacerse realidad. No solo se quedaría sin trabajo, sino que además podría tratar de quitarle a su hija, si se enteraba de la identidad de la niña. Desde luego, Max podría conseguir que su vida laboral en la zona terminara, porque era un hombre muy influyente.

Trató de tranquilizarse, pensando que no tenía por qué enterarse de la identidad de Chloe, aunque no pudo evitar sentirse culpable por estar privando a su hija de la posibilidad de conocer a un familiar. Pero el instinto de supervivencia fue más fuerte.

—Muy bien, tengo una hija de seis años, y ya sé que debería haberte hablado de ella, pero tuve miedo.

—¿Miedo de qué? —le dijo con dureza.

—No tienes ni idea de lo que es...

—No. Así que, ¿por qué no me lo cuentas tú?

La expresión que vio en el rostro de Max la hizo sentirse como una damisela lastimera en un drama victoriano.

—Es muy duro ser padre y madre a la vez —le dijo Vicky con suavidad—. Para ti es muy fácil estar aquí sentado, y hacer comentarios sobre la situación, pero no tienes ni idea de lo que es sacar adelante a un hijo tú solo.

—¿Dónde está el padre?

—Murió en un accidente de coche.

—Era australiano, ¿verdad?

—Vivía allí. Mentí sobre lo de mi hija. Sé que los jefes a veces son reacios a dar trabajo a mujeres con cargas familiares, porque suponen que van a rendir menos. Pensaba decírtelo, pero no lo hice porque pensé que ibas a reaccionar del modo en que lo has hecho —suspiró—. Tenías razón, y no debía haber aceptado el trabajo.

—Ahora entiendo por qué no querías hacer horas extra, pero sigo sin comprender la razón de tu mentira, cuando en mi empresa la mayoría de las mujeres que trabajan para mí son madres de familia, y no es ningún lugar donde se crucifique con comentarios crueles a una madre soltera –rió con sarcasmo–. Así que, ¿por qué no me cuentas toda la historia? ¿Qué más hay aquí?

–No hay nada más, y entenderé que no quieras que vuelva a trabajar para ti –se limpió unas invisibles motas de polvo de los pantalones, y se colocó detrás del sillón. Por la expresión del rostro de Max, le dio la sensación de que sabía lo que pasaba por su mente, de que tenía una especie de rayos X en los ojos.

–Y hay una cosa más –le dijo, mientras se acariciaba la barbilla, pensativo, y sin ninguna intención de moverse.

–¿El qué? ¿Qué otra cosa? –le preguntó, sin poder disimular su sobresalto, aunque sabía que, cuanto más asustada pareciera, más escrutador se mostraría Max.

–Me pregunto por qué amenazaste tantas veces con dejar la empresa –Vicky, por su parte, se preguntó desesperada por qué Max no se marchaba lo antes posible. Todas aquellas especulaciones la estaban poniendo nerviosa–. ¿Eres una de esas madres que necesitan que las tranquilicen todo el tiempo?

–¡Por favor!

–Entonces, ¿por qué estás siempre amenazando con marcharte? No tienes por qué sentirte tan insegura. Ya me has contado tu pequeño secreto... –calló un momento, como para que Vicky se diera cuenta de que era consciente de las lagunas que presentaba su historia–, y no creo que tu estatus vaya a afectar a tu trabajo –se puso en pie, y Vicky estuvo a punto de gemir de satisfacción–. Así que espero verte por la mañana –añadió, ya desde la puerta y con la mano en el picaporte–. Y no temas que vaya a pedirte nada que no sea razonable. No soy un ogro. Me doy perfecta cuenta de que la mujeres con hijos no tienen la misma disponibilidad laboral que las que están libres de cargas. Pero... –entrecerró los ojos–... sí me gustaría no tener que descubrir más mentiras. En tu trabajo a veces hay que tratar temas con absoluta confidencialidad, así que a la última persona que me gustaría tener trabajando conmigo sería a alguien que acostumbrara a mentir.

–¡No soy una mentirosa! Solo te dije una mentira, y ya te he pedido disculpas. No acostumbro a ir contándole mentiras a todo el mundo. Pero, si desconfías de mí, estaré encantada de dimitir.

Max se quedó mirándola pensativo.

–Te doy una oportunidad más, Vicky, porque eres muy buena en tu trabajo. ¡Pero es la última! –Vicky murmuró algo inaudible. Acababa de pasar el par de horas más duras desde que llegara a Inglaterra. El estrés casi le impedía hablar–. Ahora entiendo por qué te hacía tanta ilusión reformar la casa –le dijo ya con un tono de voz más suave–. Debías de estar pensando en habitaciones de juegos para tu hija y lugares donde guardar sus juguetes.

Max abrió la puerta por completo y, entonces, Vicky vio a Chloe antes que Max, que se encontraba de cara a ella. Estaba de pie en la escalera, totalmente iluminada, con el pelo desordenado de haber estado en la cama, y el oso de peluche que conservaba desde que había nacido en la mano.

Max siguió la mirada sobresaltada de Vicky; se volvió, y las palabras murieron en sus labios.

–Prometiste traerme un batido, mamá –le dijo Chloe–. Tengo sed.

Capítulo 8

EN el espacio de uno o dos segundos, Vicky se dio cuenta de que el destino había estado jugando con ella desde que aceptara aquel empleo en las empresas Forbes, y acababa de ganarle la partida.

Vicky contempló el escenario que tenía ante ella, y se sintió impotente.

Chloe al principio no se había dado cuenta de que había otro adulto en la habitación, pero cuando Max salió de las sombras lo vio, y abrió mucho los ojos sorprendida.

–¿Shaun? –susurró, insegura. Echó a correr hacia Vicky, sin quitar ojo a Max, y se aferró a la mano que le ofrecía. Su madre se apresuró a tomarla en brazos, y le puso la mano sobre la cabeza con gesto protector–. Mamá, ¿qué está haciendo Shaun aquí?

–No es Shaun –le susurró Vicky, consciente de la mirada inquisidora de Max–. ¿Nos tomamos ese batido?

–¡Me ha llamado Shaun! –dijo Max, cuando consiguió recuperar la voz, pero Vicky lo miró con frialdad, y se puso un dedo en la boca en señal de silencio. Después, se dirigió a la cocina, todavía con Chloe en brazos, seguida de él, segura de que su hija habría levantado la cabeza, y estaría mirando a Max con curiosidad y aprensión. Saber que dentro de poco tendría que responder a muchas preguntas le hacía sentir náuseas. Encendió la luz de la cocina, y sin mirar aún a Max, sentó a Chloe sobre la encimera de la cocina, y se dispuso a verter leche en un vaso, a la que añadió cacao en polvo. Después, lo agitó todo. Se comportaba como si no pasara nada, como si no hubieran puesto su vida boca abajo de repente. Era la calma antes de la tormenta. Tuvo ganas de echarse a reír como una histérica, pero se contuvo, porque sabía que lo que se necesitaba en aquel momento era calma.

–Muy bien, cariño –dijo temblorosa a su hija, cuya atención le resultaba difícil de mantener–. Puedes tomarte el batido en la cama, y mamá te lo explicará todo por la mañana.

–¿Ha vuelto Shaun del cielo a visitarnos?

–No, cariño. Este señor solo se parece a él –respondió Vicky, que pensando que Shaun podría volver de cualquier sitio menos del cielo, pasó al lado de Max con la niña en brazos–. No hace falta que nos sigas –le dijo con frialdad–. Bajaré ahora mismo a explicártelo todo.

–Más te vale.

Vicky quiso decirle que no se atreviera a amenazarla, pero el miedo se lo impidió.

–¿Pero quién es? –volvió a preguntar Chloe ya en la cama, mientras se tomaba el batido–. ¿Por qué se parece a Shaun? –dio un sorbo, y contempló a su madre por encima del borde del vaso. Vicky trató de imaginarse lo que estaría pasando por la cabeza de su hija. Tal vez sorpresa y confusión juntas, porque aún estaba medio dormida, pero en ningún caso emoción o alegría, porque su padre no se había esforzado lo más mínimo en cultivar una relación con ella, y por lo tanto Chloe lo había visto como al extraño que de vez en cuando le llevaba un regalo, dependiendo de su humor o del dinero que tuviera entonces. Desde el primer momento, había insistido en que lo llamara Shaun, en vez de «papá», y resultó después lo más lógico, ya que nunca la trató con el cariño de un padre. Chloe pasó de la indiferencia a la desconfianza con Shaun, al ver el efecto que su presencia causaba en Vicky, a pesar de lo que esta se esforzaba porque su hija no presenciara las escenas más desagradables que protagonizaba su padre.

–Son familia –le respondió, acariciándole la cabeza. Mantuvo la voz lo más monótona que pudo mientras acariciaba a su hija, y así, poco a poco, a la niña se le fueron cerrando los ojos, hasta que se quedó dormida. Entonces, Vicky le quitó el batido de las manos con mucho cuidado, y lo dejó sobre la mesilla–. Hablaremos por la mañana.

En aquel momento, la mañana le parecía muy lejana. De hecho casi todo, incluyendo la normalidad, le parecía que estaba muy lejos, cuando pensaba en Max Forbes paseándose por la planta de abajo, esperando a que bajara para bombardearla con preguntas cuyas respuesta sabía que le traerían muchos problemas.

Cerró muy despacio la puerta de la habitación de su hija, y se detuvo en lo alto de las escaleras para respirar profundamente. Después, bajó, y entró en el salón, donde sabía que la estaba esperando Max. En efecto, allí lo encontró, cerca de la ventana, con las manos en los bolsillos. Esperó sin decir palabra hasta que ella se sentó. Siguió mirándola y esperando, hasta que Vicky notó que se le empapaba el cuerpo de sudor, y que se ponía más y más tensa, hasta el punto de sentirse al borde de un ataque de nervios. Estaba segura de que eso era lo que quería Max.

Por fin, consiguió hablar con una voz bastante firme.

–Supongo que estás esperando a que te dé una explicación de lo que acaba de suceder –al ver que Max no decía nada, Vicky continuó, notando que se enfurecía–. ¡Bueno, no creo que lleguemos a ninguna parte, si te quedas ahí callado!

En vez de responder, se acercó a la puerta, y la cerró. Después, se acercó a ella, obligándola a levantar la vista. Cuando sus miradas se encontraron, Vicky parpadeó. A juzgar por la expresión de su rostro, ya había hecho sus propias deducciones.

–La puerta está cerrada –le dijo con suavidad–. Así que considérate atrapada hasta que me cuentes lo que ocurre aquí. Quiero que empieces desde el principio, sin omitir nada, y entonces... –se sentó en el sofá, cruzó las piernas, y la miró–... decidiré lo que hago contigo.

–¿Lo que haces conmigo? ¡Tú no puedes hacer nada conmigo! –exclamó Vicky con más seguridad de la que sentía.

–Claro que puedo –la miró con la terrible frialdad de un reptil, mostrando así toda su determinación–. Pero todavía no entraremos en eso.

Vicky sintió que un escalofrío le recorría el cuerpo. Se aclaró la garganta para hablar, pero cuando fue a hacerlo no le salió la voz.

–Empieza por el principio, que supongo tiene que ver con mi hermano Shaun –se había inclinado hacia adelante y la miraba fijamente, con la cabeza hacia un lado–. Ese fue el nombre que pronunció tu hija, ¿verdad?, cuando creyó haberlo reconocido en mí –su tono de voz empezaba a perder suavidad, como ya se esperaba Vicky que ocurriera–. Aunque desde luego, no hubiera tardado mucho en descubrir su identidad, porque podría ser el clon de mi hermano. Tiene su mismo pelo, sus mismos ojos, el mismo tono de piel... Los pequeños secretos se acaban por descubrir más tarde o más temprano, ¿no te parece? –sonrió con cinismo mientras Vicky seguía mirándolo con aprensión, como hipnotizada–. Aunque aquí, tal vez se haya adelantado para tu gusto el momento en que debía descubrirse este secreto en particular.

Se levantó, y tras acercarse a la ventana, descorrió un poco la cortina, y miró al exterior durante unos segundos, antes de volver a observar a Vicky. Se movía sin prisa, y ella pensó que tenía delante a un hombre con todo el tiempo del mundo para crucificarla. Le costó tragar saliva.

–¿De qué estás hablando? –refunfuñó Vicky.

–No disimules, por favor –volvió a sonreír de nuevo como una hiena, y se sentó–. Solo quiero la verdad. ¿Cuándo decidiste acorralarme para, de repente, mostrar tus cartas ganadoras, y sacarme hasta el último penique?

–¿Acorralarte? –Vicky sacudió la cabeza, sin poder dar crédito a lo que estaba oyendo–. ¿Dejarte sin un penique? Pero, ¿de qué estás hablando?

–¡Deja de hacerte la tonta! –se echó hacia delante y se golpeó la palma de la mano con el puño, tan fuerte, que Vicky dio un salto en su asiento–. ¿Qué ocurrió? ¿Conociste a mi hermano en Australia, y te pareció un buen partido? Supongo que hasta que averiguaras que sus gastos superaban sus ingresos con creces. O, tal vez, cuando lo averiguaste todavía pensaste que podría interesarte, pero llegaste a la conclusión de que solo si te quedabas embarazada podrías cazarlo para que se casara contigo. Te salió el tiro por la culata, ¿verdad? Porque al final no hubo boda.

–Estás totalmente equivocado –acertó a responder Vicky, a la que no le dio tiempo a procesar todas las acusaciones que Max estaba vertiendo sobre ella–. Eso no fue en absoluto lo que sucedió...

–Ya. Me imagino que las cosas debieron ponerse muy feas tras la muerte de Shaun, sin alianza, ni dinero... ¿Qué otra cosa podía hacer una pobre chica que regresar a Inglaterra, y ver dónde podía conseguir fondos?

–¡Me parece que esto ha ido ya demasiado lejos! –Vicky se levantó del sillón, pero las piernas le fallaron, y tuvo que sentarse de nuevo.

–No creo. En realidad no hemos empezado todavía –le respondió con resolución. A Vicky le parecía mentira que fuera el mismo hombre cuyo sentido del humor la había hecho reír tantas veces, que cuando la tocaba convertía su cuerpo en fuego. En aquel momento, le estaba sucediendo justo lo contrario. Con cada palabra, su cuerpo se convertía en hielo.

–La verdad es que has jugado bien tus cartas. Me quito el sombrero ante ti.

–¡Yo no he planeado nada! –gritó Vicky, que con rabia y frustración le vio enarcar las cejas con incredulidad.

–¿Ahora me vas a decir que es pura coincidencia que te las hayas arreglado para conseguir entrar a trabajar en la empresa del hermano de tu antiguo amante?

–No hubo premeditación –volvió a insistir Vicky, desolada–. Yo solo...

–Tú solo, ¿qué?. Me vas a decir que ibas paseando y, de repente, te encontraste con una empresa que se llamaba Forbes, y decidiste entrar a pedir trabajo? ¿Que en ningún momento pensaste que la similitud de los nombres indicaba algo?

–No lo comprendes. Sí, vi el nombre, y sí, sentí curiosidad...

–Ya, lo que pensaste cuando me viste fue que te había tocado el premio gordo de la lotería. Te diste cuenta de que lo único que tenías que hacer era pescarme sin prisa y, de repente, hacer aparecer a la niña, como un mago hace aparecer un conejo de una chistera...

–Chloe, la niña se llama Chloe –gritó Vicky, indignada. La forma de hablar de su hija le había recordado a Shaun que siempre la llamaba «la niña» cuando se refería a ella–. ¡Y para tu información –se puso de pie al hablar, y fue la primera sorprendida de que sus piernas temblorosas aguantaran su peso–, sacarle dinero a la familia de Shaun es lo último que hubiera pasado por mi mente! –se acercó hasta donde estaba sentado Max. Su enfado le hacía parecer un ángel vengador pelirrojo.

–¿Y pretendes que me crea eso? –Vicky vio el gesto de incredulidad que esbozaban sus labios y, sin poder contenerse, dio una bofetada a Max con tanta fuerza, que tuvo la impresión de que se le había roto algún hueso. Aquel gesto violento la sorprendió a ella casi tanto como a él, pero Max no perdió un segundo, y la sujetó por la muñeca, tirando de ella con tanta fuerza que Vicky tuvo que hacer un esfuerzo para recuperar el equilibrio, y no caerse sobre Max.

–Sabías perfectamente lo que estabas haciendo,

¿por qué no lo admites? ¿Por qué habrías aceptado el trabajo, más que para congraciarte conmigo, hasta que llegara el momento oportuno de revelar tu pequeño secreto? ¡Maldita seas! —Vicky vio que le brillaban tanto los ojos de rabia que, asustada, no pudo evitar echarse hacia atrás, y dejar escapar un grito ahogado. Max tiró otra vez de ella, y le dijo, con una voz peligrosamente suave—: Bueno, querida, como puedes apreciar no tengo nada que ver con mi hermano. Soy harina de otro costal. Cuando decidiste jugar conmigo, decidiste jugar con fuego... y el fuego quema. ¿Sabes lo que podría hacer contigo? Podría reclamar la custodia de la... de la hija de mi hermano y quitártela.

Vicky sintió que perdía el color de la cara.

—No pu... pu... puedes —tartamudeó.

Max se quedó mirando un momento su rostro aterrorizado, y después la soltó, como si su contacto lo asqueara. Vicky retrocedió unos pasos con los ojos aún fijos en el rostro de Max, como tratando de averiguar si había dicho aquello de verdad. No se lo podía creer, aunque sabía lo que alguna gente era capaz de conseguir con dinero.

—¿Por qué no? —se encogió de hombros, y se frotó la mejilla dolorida. Al percibir el gesto, Vicky no pudo evitar desear haberle roto algún diente.

—¿Qué quieres decir con por qué no? —susurró Vicky, aterrorizada— ¡Chloe lo es todo para mí! Si tratas de arrebatármela... —empezó a temblarle la voz, y de repente se echó a llorar con una tremenda aflicción. Era un llanto incontrolado, en el que parecía estar vertiendo todas las lágrimas que no había vertido en los momentos más duros de los últimos años, empezando por la muerte de su madre.

–¡Por el amor de Dios! –murmuró Max, poniéndose en pie–. No te voy a arrebatar a tu hija. Era solo una amenaza –sacó un pañuelo del bolsillo, y se lo dio a Vicky, que se lo apretó contra los ojos– ¿Cómo demonios crees que me siento? –le dijo Max. No cesaba de pasarse los dedos por el pelo con desesperación, mientras se paseaba por el salón. Vicky podía sentir la energía que emanaba, como si se tratara de una corriente eléctrica–. ¡Creo que tengo una buena secretaria, y cinco minutos después descubro que es la madre de mi sobrina! Y ahí estás tú llorando y suplicándome que te crea cuando dices que no habías planeado nada.

Vicky levantó los ojos, hinchados de tanto llorar.

–Pero es la verdad –le dijo, mientras doblaba y desdoblaba el pañuelo, hasta que Max se lo quitó, y volvió a guardárselo.

–Siéntate –le ordenó–. Y explícamelo todo.

–Solo si estás dispuesto a escucharme.

–Lo intentaré –le respondió Max, ya sin hostilidad, pero con la misma ironía.

–Conocí a tu hermano en Australia, cuando tenía diecinueve años. Había ido a vivir con mi tía... Bueno, ya te lo había dicho. Cuando murió mi madre, no pude soportar la idea de quedarme en Inglaterra, y pensé que era el momento oportuno para hacer aquella visita a mi tía que mi madre y yo habíamos planeado hacer tantas veces. Alquilé la casa, y me marché a Australia para seis meses, pero terminé quedándome casi seis años.

–¿Por qué? –preguntó Max, y el timbre profundo de su voz casi la sobresaltó.

–Por muchas razones –respondió, tratando de evitar aquellos ojos plateados–. El tiempo era espléndido, y mi tía, que estaba encantada de tenerme con ella, me sugirió que pidiera una extensión de mi visado. Lo conseguí, y después encontré un buen trabajo como secretaria de dirección. Tenía muchas responsabilidades, y me encantaba. James me había contratado sobre todo por mi acento británico, que le recordaba a su país. Decía que mi presencia en su empresa era como tener una rosaleda privada en el despacho –sonrió al recordarlo, y Max frunció el ceño.

Él se agarró con fuerza a la tela del sillón, tratando de contener la rabia y los celos que le producía pensar que Vicky se había acostado con su hermano, que había tenido un hijo suyo. Mientras que a él le costaba respirar, y sentía ganas de gritar y poner la casa patas arriba, ahí estaba ella, sonriendo ante el recuerdo de su jefe. De repente, pensó que tal vez hubiera sido otro de sus amantes, y sintió que le dolían las mandíbulas de tanto apretarlas.

–¡Qué bonito! –le dijo con sarcasmo–. ¿Fue otro de tus amantes?

–¿Cómo puedes decir algo tan horrible?

–¿Te lo parece? –Max sintió que tenía ganas de hacerle daño–. Te contraté pensando que eras una joya, y me he encontrado con una mujer que tiene una hija de mi hermano, que se ha acostado conmigo, y quien sabe qué más cosas tiene que ocultar.

–No tengo nada más que ocultar. Ya sé que crees... que te sientes...

–¿El qué? ¿Cómo?

–Enfadado conmigo. Decepcionado.

Max hizo un esfuerzo para no gritarle. No quería que acudieran los vecinos.

–¿Enfadado? ¿Decepcionado? Eso para empezar.

Vicky lo miró atemorizada. Sabía que había destruido toda la confianza que tenía en ella, y solo pensarlo se ponía enferma.

–Conocí a tu hermano cuando estaba trabajando para James. Reconozco que me sentí muy atraída por él. Estaba pasando por un mal momento tras la muerte de mamá, y Shaun fue para mí como un tónico. Siempre estaba muy alegre, y vivía el día a día. Era justo lo que necesitaba en aquel momento. Empezamos a salir y durante un tiempo fue fabuloso. Yo nunca había llevado aquella vida tan fastuosa: coches caros, fiestas hasta altas horas de la madrugada, amigos exóticos. Fue muy divertido durante un tiempo. ¿Puedo hacerte una pregunta?

Max solo había escuchado retazos de su confesión porque, mientras hablaba, no había cesado de imaginársela en la cama con su hermano, ni dejado de pensar que, por muy horrible que fuera lo que le contara, ya nada impediría que creciera lo que sentía por ella.

–¿Cómo?

–¿Te quería preguntar qué opinión tenías de tu hermano? –le dijo Vicky con timidez. Necesitaba saberlo, porque a veces se había preguntado si Shaun había sido siempre así, o si solo se convertía en un monstruo cuando estaba con ella.

–Salvaje, temerario, tendente a todo tipo de excesos. Me sorprende que te pareciera tan atractivo. ¿Acaso te gusta vivir sobre el filo de un cuchillo?

–Supongo que durante un tiempo debió de gustarme.

–No haces más que repetir lo mismo: durante un tiempo esto, durante un tiempo lo otro. ¿Qué quieres decir con eso? –le preguntó bruscamente.

Se volvió a levantar, y se paseó por el salón.

–Significa que, después de unos meses, empecé a ver un lado más oscuro de tu hermano.

Max dejó de pasear.

–¿A qué te refieres?

–¿No os manteníais en contacto?

–Aparte de por Navidad, dejé de estar en contacto con mi hermano cuando teníamos unos... dieciséis años.

–Entonces, tal vez no sepas que Shaun...

–¿Tomaba drogas? Por supuesto que lo sabía. Esa fue una de las razones por la que se le mandó a Australia, para darle una oportunidad de empezar de nuevo. Antes de que se marchara, traté de hacerle entrar en razón, advirtiéndole de que las drogas le hacían daño, pero no me hizo ningún caso. Como ya te he dicho, dejó de hacérmelo cuando teníamos dieciséis años. Mi padre sabía de él a través de amigos comunes en Australia. Supongo que no se mantuvo mucho tiempo en el buen camino.

–No.

–Entonces, ¿qué sucedió?

–Preferiría no hablar de ello.

–¿Por qué no?

–Porque es irrelevante.

–Para mí es muy relevante.

–¿Por qué? Aparte de para satisfacer tu curiosidad, ¿para qué ibas a querer conocer los aspectos oscuros de mi relación con Shaun?

Max sintió que lo invadía otra oleada de rabia, y apretó los dientes.

–Fuiste la última en conocer a mi hermano, en verlo, y a pesar de todo lo que ocurrió entre nosotros para acabar con nuestras relaciones, me gustaría averiguar qué rondaba su mente cuando murió.

–Bueno, creo... creo que lo que de verdad importa en este momento es cómo vamos a afrontar esta... esta situación... –dijo Vicky.

–Tú te has quedado sin trabajo –le dijo Max con frialdad–. Ese es el primer paso para afrontarla. Eres consciente, ¿verdad? Y no voy a mantener a mi sobrina a distancia, sino que pienso estar cerca de ella.

–Yo nunca he dicho...

–No hace falta. Fueran o no buenas tus intenciones, supongo que recibir una cantidad de dinero mensual te compensará por la pérdida de tu empleo –se levantó, y empezó a pasear por el salón, deteniéndose de vez en cuando para observar un libro o un adorno de las estanterías. Vicky lo miraba asustada. Le había despojado de su empleo, pero además parecía querer arrebatarle también la dignidad.

–Puedo sobrevivir sin tu dinero –le dijo Vicky con dureza–. Para que lo sepas, tu hermano no le dio nunca nada a su hija. Llevo mucho tiempo arreglándomelas sola, y puedo seguir haciéndolo –sintió que los ojos se le llenaban de lágrimas, pero luchó por no dejarlas salir.

–¡Qué bonitas palabras! –se volvió hacia ella–. Sonarían muy bien, si las pronunciara otra persona, pero existe un pequeño problema y es que, de repente, tengo una sobrina, alguien que merece llevar el apellido de la familia. No trato de evadir mis responsabilidades, lo cual implica una inversión de tiempo y dinero. Y, por favor... –levantó una mano para impedir protestar a Vicky–... ahórrate decirme que he herido tu orgullo. Tal y como yo lo veo, todo tiene una solución, y la mía es esta: que mi sobrina herede el apellido familiar, y tú también. Te estoy proponiendo que te cases conmigo.

Vicky lo miró primero con sorpresa, después con incredulidad, y finalmente se echó a reír a carcajadas, hasta tal punto que se le saltaron las lágrimas.

—No le veo la gracia —dijo Max, ofendido, provocando de nuevo las carcajadas de Vicky.

—No pienso casarme contigo —consiguió decir, cuando se le pasó el ataque de risa. No reía porque encontrara sus palabras graciosas, sino que era una reacción histérica tardía, tras la impresión que le había causado ver cómo los cimientos de su vida se tambaleaban de repente. En realidad, pensar en casarse con él la entristecía, porque sabía muy bien que un matrimonio sin amor solo podía acarrear infelicidad—. No nos amamos —le dijo, sintiendo una puñalada en el corazón al hacerlo—, así que ¿para qué nos vamos a casar?

—Para proporcionarle un entorno estable a mi sobrina.

—El problema será que nosotros seríamos desgraciados, y no creo que le compense toda esa estabilidad, si percibe nuestra infelicidad.

—¿Y quién te dice que vayamos a ser infelices. Si no recuerdo mal, éramos bastante compatibles... en más de un aspecto.

—Eso era antes de que todo esto... estallara —le dijo Vicky, que no quería recordar lo compatibles que eran, y que su compatibilidad iba más allá del sexo y la atracción física. A pesar de todas las voces que desde su interior la habían advertido de que se mantuviera alejada de Max, se había sentido irremediablemente atraída por su personalidad, seducida por su agudeza mental y su sentido del humor. Por eso le dolía más aún la hostilidad que le estaba manifestando–. Llevas vida de soltero. No puedes convertirte de repente en padre de familia. ¿No te das cuenta de los problemas que te traería? Tu hermano no pudo soportar la idea del cambio que iba a suponer en su vida la llegada de un ser de su propia sangre –Vicky no quería volver a hablar de su vida pasada con Shaun, pero no había podido evitar aquel comentario–. Veía a su hija cuando le venía bien, pero ni siquiera le permitió llamarlo «papá». El significado de la palabra suponía un desprestigio para su vida de crápula –dijo Vicky, y se echó a reír.

–Yo no soy mi hermano –puntualizó Max, con dureza–. A pesar del parecido.

–No me voy a casar contigo. Si quieres ver a Chloe de vez en cuando, no pondré ningún impedimento, pero eso es todo. Por cierto, ¿te has planteado que a lo mejor no te llevas bien con ella? ¿Con cuántos niños has jugado recientemente?

–No sé qué tiene eso que ver con nada de lo que hemos hablado –murmuró Max, ruborizándose.

–Bueno, puede ser que odies a los niños.

–Creo que lo sabría, si así fuera.

–¿Cómo? Si no has tenido nunca contacto con ellos –le dijo Vicky, pensando que había llegado su turno de atacarlo–. Necesitan atenciones constantes, y la hora de las comidas puede convertirse en un campo de batalla.

–Estoy seguro...

–¿De qué te las podrías arreglar? Me parece muy arriesgado por su parte que lo asumas tan a la ligera.

–Entonces, ¿sugieres que conozca primero a Chloe?

–Podría ayudar.

–¿Qué es lo que le gusta?

–Lo mismo que a la mayoría de los niños: la comida basura, Mickey Mouse y los juegos al aire libre.

Vicky no pudo evitar sonreír al pensar en el impecable hombre de negocios jugando con Mickey Mouse, y comiendo en una hamburguesería. Se preguntó si sabría siquiera quién era Mickey Mouse.

–Entonces, vamos a llevarla a Disneylandia. Reservaré los vuelos y el hotel, y ya te diré cuando salimos –y tras decir esto, Max se dirigió hacia la puerta, dejando a Vicky boquiabierta–. No me mires tan sorprendida, después de todo ha sido idea tuya. No te levantes, conozco el camino de la salida.

Capítulo 9

FUE una decisión firme. Cuatro días después, se encontraban en el aeropuerto, listos para pasar diez días en Disneylandia, el sueño de cualquier persona menor de noventa años. Vicky se sintió impotente al ver el rostro emocionado de su hija cuando se subían al avión.

Chloe había aceptado sin problemas que aquel hombre, que tanto se parecía a su padre, era su tío, pero aun así, durante el vuelo se le escapó llamarlo Shaun varias veces, y Vicky, sentada a su lado, la corrigió de manera dulce, aunque firme.

—No te preocupes —le dijo Max, al ver lo mal que lo pasaba Vicky cada vez que su hija se confundía de nombre—, solo es una niña, y al fin y al cabo, Shaun y yo éramos gemelos.

—Sí, pero... —insistió Vicky.

—Es más simpático que Shaun. ¿Verdad mamá? Shaun a veces daba un poco de miedo —dijo Chloe, y Vicky se apresuró a cambiar de conversación.

Al día siguiente, ya en Disneylandia, Vicky pudo ver lo determinado que estaba Max a ganarse el cariño de su sobrina, colmándola de atenciones, y dándole todos los caprichos. De manera que cuando llegaba la noche, siempre dejaba a Chloe impaciente por volverlo a ver al día siguiente, y a Vicky con la sensación de que el suelo que pisaba se había convertido de repente en arenas movedizas.

–Será mejor que nos vayamos a acostar, porque mañana nos espera un día muy largo –murmuró Max al oído de Vicky mientras salían del restaurante la primera noche.

Con Chloe en brazos, se dirigió hacia el ascensor lentamente, consciente todo el tiempo de la perturbadora presencia de Max a su lado. Cuanto más lo veía con su hija, mas se enamoraba de él. Su afecto por Chloe parecía sincero. Vicky se preguntó si su cariño por la niña, y la responsabilidad que había adquirido hacia ella, no tendrían que ver con sus sentimientos hacia el hermano perdido para siempre. Vicky se daba cuenta, muy a su pesar, de que si su hija tomaba más cariño a Max, ella se vería en una situación que nunca habría podido ni imaginar.

–¿Cómo de temprano?

–Antes de las ocho, si no queremos esperar largas colas en las principales atracciones. ¿A qué parque quieres ir primero?

–¿Parque?

–No te has leído la guía que te di, ¿verdad?

–No mucho –respondió Vicky, suspirando aliviada cuando llegó el ascensor. Para tranquilidad de Vicky, ocupaban diferentes plantas en el hotel.

–Pues parecías muy concentrada en su lectura cuando no estabas jugando con Chloe.

Vicky se ruborizó. La guía había sido una excusa para hacer que miraba hacia otra parte, pero en realidad no se había enterado de nada, porque no podía dejar de pensar en el hombre que tenía a su lado.

—Deja que la tome yo en brazos ahora —le dijo Max, y cargó a Chloe antes de que Vicky pudiera protestar. La niña estaba tan dormida, que no se movió siquiera—. Nos reuniremos en el desayuno a las ocho y media.

Max acarició la cabeza de Chloe, y dejó salir a Vicky primero al llegar a su planta.

—De acuerdo.

Llegaron a la puerta de su habitación, y Vicky la abrió.

—Ya me la puedes dar —le dijo, entonces.

Max entró en la habitación, y echó a Chloe sobre una de las dos camas. Después miró a su alrededor.

—No es tan grande como pensaba —comentó.

—Lo suficiente para nosotras dos —le respondió Vicky, que no se movía de la puerta, como haría alguien que está invitando a un visitante no deseado a marcharse.

Max avanzó lentamente hacia ella, y cuando estaba a punto de marcharse preguntó:

—¿Por qué dijo Chloe que Shaun a veces le daba miedo? ¿Le pegó alguna vez?

—No —dijo Vicky, sobresaltada por el abrupto cambio de conversación.

—¿Y a ti?

Vicky dudó, antes de responder de modo poco convincente.

—No.

—¿Por qué se lo aguantaste?

Vicky miró a su hija por encima del hombro de Max, para cerciorarse de que estaba dormida. No había encendido las luces para evitar que se despertara, pero en ese momento deseó haberlo hecho, porque la oscuridad daba a su conversación una intimidad que la asustaba.

—¿Cuándo empezó? ¿Estabas embarazada?

—Solo me pegó dos veces —dijo en voz baja—. Una cuando le dije que estaba embarazada, y la segunda cuando le pedí que se mantuviera alejado de mí, poco después de nacer Chloe. Pero aparte de eso, era...

—¿La pareja perfecta?

—¿Y qué más da ya?

—No importaría si el pasado no ejerciera tanta influencia sobre nuestras vidas. Vicky, no puedes negarte a hablar de ello como si solo hubiera sido un mal sueño. Dime, ¿por qué no le pediste que te dejara en paz?

—Porque me amenazaba. Decía que su hija le pertenecía, y si no hacía lo que él quería, se aseguraría de que su poderosa familia supiera de la existencia de Chloe, y viniera a arrebatármela. Y fui tan tonta como para creérmelo.

—Era la forma en que solía actuar Shaun con los que creía más débiles que él. Le gustaba poder controlar las situaciones —murmuró más para sí mismo que para Vicky—. Tú eras joven y vulnerable, y él se aprovechó de ti.

—Pero ya no soy joven ni vulnerable —le recordó Vicky.

—Me alegro mucho, porque las jovencitas débiles no tienen para mí ningún tipo de atractivo.

Vicky se quedó pensando qué habría querido decir con aquel comentario. Se preguntó si lo habría dicho sin pensar, o para que supiera que lo atraía. Aunque también podía ser que tan solo quisiera dejar claro que era muy diferente a su hermano.

Vicky se pasó la noche pensando en estas y otras posibilidades, y para cuando se quedó dormida tenía un tremendo dolor de cabeza.

A la mañana siguiente, cuando llegaron al restaurante del hotel, Max estaba ya esperándolas vestido de manera informal con unas bermudas verde oscuro y una camisa de manga corta color crema.

—Nos espera un día muy intenso —dijo, dirigiéndose a Chloe—, y el hombre del tiempo ha dicho que va a hacer mucho calor. Sí, muy, muy intenso. Vamos a conocer a muchos personajes, y a subirnos en unas atracciones muy emocionantes. ¿Has estado alguna vez en un parque de atracciones, y has subido en la noria?

—No —dijo Chloe—, pero he visto un payaso.

Max asintió con seriedad.

—Vaya, estoy seguro de que también fue impresionante. Bueno, ¿a qué atracciones quieres subirte? —le preguntó, al tiempo que daba un mordisco a una galleta.

Vicky miró como hipnotizada todas las miguitas que se le habían quedado en los labios, y pensó en lamérselas, una a una. Se dio cuenta de lo duro que iba a ser para ella verlo con frecuencia, como si no pasara nada, cuando se moría de ganas de que la tocara.

—¡En todas! —exclamó la niña.

—¿Hasta en la casa de terror? —le dijo Max con voz misteriosa, mientras seguía desayunando. Esa vez se chupó un dedo con inconsciente sensualidad, antes de limpiarse la boca con su pañuelo de lino. Vicky lo miró, y miró a su hija, dándose cuenta una vez más de cuánto se parecían.

–¿Qué es eso?

–Así que tu madre no te ha leído la descripción.

–No –dos pares de ojos, de idéntico color gris, la miraron del mismo modo, y Vicky no pudo evitar sonreír.

–Es demasiado pequeña para esa atracción, Max. Puedes ir tú solo, si quieres.

–¡Tendré que hacerlo! –dijo con resignación–. ¡Por muy terrorífica que sea una atracción, nada aterroriza al gran Max Forbes! –dijo, mirando a su sobrina.

–¿Nada? –preguntó Chloe, encantada, y Vicky suspiró con incredulidad.

–Bueno, excepto las arañas.

–¡A mí no me dan miedo las arañas! ¿Verdad, mamá?

–Por lo menos no las que salen en los libros –respondió Vicky. Mientras limpiaba la boca a su hija pensó que aquella debía haber sido la relación de Shaun con Chloe. Sin embargo, nunca había tenido paciencia con la niña.

Aprovecharon todas las diversiones que les ofrecían los distintos parques, y llegaban todas las tardes agotados al hotel. Vicky disfrutó de la felicidad de su hija y de la presencia de Max, siempre relajado y de buen humor. Decidió no pensar en sus problemas hasta que no terminaran las vacaciones, pero dos días antes, al llegar al hotel, Max le dijo en voz baja:

–Tenemos que hablar.

–Pero, ¿cómo podemos? Chloe... –preguntó Vicky, sobresaltada por la implacable expresión que veía en su rostro.

–Vendrá una canguro a las siete y media. No te preocupes, trabaja en el hotel, y es de plena confianza.

Así podremos cenar juntos, y... charlar un poco. Ya es hora de que hablemos sobre lo que vamos a hacer para solucionar la situación.

Chloe ya estaba dormida cuando llegó la canguro. Max la estaba esperando en el bar del hotel, y mientras avanzaba hacia él, Vicky se dio cuenta de lo nerviosa que estaba al pensar que se iba a encontrar a solas con él.

Parecía un italiano, muy elegante y bronceado. Mientras Vicky caminaba hacia él, sintió cómo la recorría con la mirada, y después bajaba la vista a su copa. Se echó hacia atrás en su silla, y cuando llegó ella, llamó al camarero para pedirle una bebida. Se quedaron en silencio, y Vicky, que estaba muy nerviosa, no hacía más que colocarse el pelo detrás de las orejas, y preguntarse por qué no se sentía tan relajada con él como los días anteriores.

–Entonces... –dio un trago largo a su whisky con soda, se echó hacia atrás en su silla, y la miró pensativo–... ¿Estás contenta de haber venido después de todo?

–Ha sido divertido –nerviosa, como si la estuvieran entrevistando, dio un sorbo al vaso de vino que le acababa de servir el camarero–, pero agotador. De hecho, Chloe no ha puesto ninguna pega para irse a la cama todos los días a las siete, cuando en Inglaterra no hay quien la acueste antes de las ocho.

–Es... una niña encantadora, y todo el mérito es tuyo. Has conseguido casi lo imposible, teniendo en cuenta lo que me has contado.

–No ha sido tan difícil –le dijo Vicky, que bebió un trago más largo de lo que pretendía, y casi tuvo que toser–. No soy una santa, solo una más de los millones de mujeres que se encuentran en una situación en la que no tienen elección.

–Sí, pero además mi hermano te amenazaba, y no te apoyaba económicamente.

–No esperaba ninguna ayuda económica –mintió Vicky–, y ya sé adónde quieres llegar –le dijo con dureza, tratando de utilizar la hostilidad como escudo–, así que antes de que sigas adelante, te diré que podrás ver a Chloe, pero dentro de unos límites. Un fin de semana de cada dos, por ejemplo. No quiero que le alteres la vida.

–¿Qué quieres decir con que no le altere la vida? ¿No te parece que tiene derecho a conocer a la familia de su padre? ¿Por qué negarle una herencia que es suya?

–¡Solo es una niña, y no le preocupan las herencias!

–Pero no será una niña dentro de diez años, ¿no te parece? –se inclinó hacia ella, con el cuerpo rígido por la cólera–. ¡Por el amor de Dios!, ¿podrías decirme qué te pasa? Te estoy ofreciendo seguridad, seguridad económica, mediante un arreglo que es lo mejor para los tres –dio un golpe en la mesa con el puño, y la pareja que estaba sentada en la mesa de al lado se levantó, y se marchó mirándolos con desconfianza–. ¿Qué más necesitas para convencerte?

–¡No quiero ningún arreglo! ¡Quiero... truenos, relámpagos..., fuegos artificiales... y magia!

–¿Cómo los que tuviste con mi hermano? –le preguntó con dureza–. ¿Ese tipo de fuegos artificiales?

Vicky palideció, y se levantó de golpe. De repente, notó que le temblaban las piernas.

–¡Creo que ya he oído bastante! –recuperó su bolso, y trató de recuperar también el control de sí misma.

—¡Siéntate! —le ordenó con brusquedad, pero al darse cuenta de que la gente que estaba sentada a su alrededor se apresuraban a marcharse, bajó el tono de voz—. ¡No se soluciona nada huyendo!

—¡No hay nada que resolver! —le dijo, inclinada sobre él con sus largos cabellos cayéndole sobre un hombro.

—¡Cásate conmigo, y se terminarán tus problemas!

Vicky se dio cuenta de que era una orden, no una petición, hecha por un hombre deseoso de someterla a su voluntad.

—¡Si me caso contigo, mis problemas no habrán hecho más que empezar! —se irguió, aún temblorosa—. Me voy a hacer la maleta.

—¡Escúchame! —le ordenó. Se levantó, y con sus largas zancadas consiguió alcanzarla antes de que saliera del restaurante.

—¿Y por qué habría de hacerlo? —le preguntó Vicky, retadora—. ¿Porque eres rico? ¿Porque eres un Forbes?

—Porque necesito decirte algo...

—¿Qué?

—Estás siendo muy testaruda —murmuró.

—¿Eso era lo que querías decirme?

—¿Qué tiene de malo que te cuiden?

—¿Para que tengas una heredera?

—¡Responde a mi pregunta!

—¡No te necesito! ¡No necesito que me cuiden! —le respondió con fiereza—. ¡Soy muy capaz de cuidar de mí misma y de mi hija! ¡No necesitamos la caridad de nadie!

–¡Nunca lo pensé!

–Entonces, ¿qué es lo que quieres decir?

–Estoy dispuesto a darte...

–¡No me interesa!

–Bien.

Se miraron en la oscuridad durante unos segundos. Después, Max se dio la vuelta, y se marchó. Vicky lo siguió con la vista un momento, y después se dirigió lentamente a su habitación, preguntándose cómo podían haber ido las cosas tan mal, pero sabiendo en el fondo que la guerra abierta era lo mejor.

Capítulo 10

SIN darse cuenta, Vicky llegó a la tienda de recuerdos. Centrada en sus pensamientos, se puso a pasear por ella, contemplando la enorme variedad de objetos inspirados en los personajes Disney. No podía dejar de pensar en la conversación que había tenido con Max. Tal vez la guerra abierta no fuera lo mejor, después de todo. Vicky tuvo que reconocerse que no estaba tratando de proteger a Chloe, que había aceptado a su tío con entusiasmo, sino a sí misma. Se daba cuenta de que, si seguía pensando en lo mal que se había portado Shaun con ella cada vez que conocía a un hombre, y huía de él, se estaba forjando un futuro muy solitario. Al fin y al cabo, Max no se parecía en nada, excepto en el físico a su hermano, así que no había ninguna razón para no amarlo. Seguramente era mejor tenerlo como amigo que como enemigo. Además, había visto el cariño con que miraba a Chloe, así que no iba a desaparecer, y dejar las cosas como estaban. No conseguiría su sueño, pero no iba a ser la primera mujer en el mundo, y Chloe tendría una familia.

Abandonó la tienda tras comprar un par de recuerdos para Chloe, y se dirigió a la cafetería, que daba a la piscina, para tomarse un café. Estaba medio vacía, y solo se veía a unas cuantas parejas estudiando una guía para planear su estancia en el parque al detalle. La decoración del local era muy alegre, y no incitaba a las meditaciones solitarias, pero la mente de Vicky parecía imparable. No hacía más que darle vueltas al pasado, y a lo que podía suceder en el futuro. Una cosa tenía clara, y era que quería a Max en su vida, con su sentido del humor, su inesperada amabilidad, y hasta el tremendo sarcasmo del que hacía gala en ocasiones, causando el terror de las secretarias. Le gustaba absolutamente todo de él, y se sentía incapaz de seguir luchando contra él.

Bebió un sorbo de su café, y se puso en pie, pensando que Max estaría en el bar o en su habitación.

No estaba en el bar, y la aterrorizaba ir a su habitación, sobre todo porque no estaba muy segura de lo que le iba a decir, pero finalmente se decidió, y minutos después, estaba llamando a la puerta de su habitación, presa de un tremendo nerviosismo.

Cuando Max le abrió la puerta, se quedó impresionada por su aspecto: tenía los cabellos revueltos, y carecía de la expresión de seguridad habitual en su rostro. Sin embargo, la miró con dureza, tal y como se esperaba.

–¿Qué quieres? –le preguntó, y Vicky sintió que el corazón le daba un vuelco, porque la verdad era que no tenía ni idea de lo que le iba a decir.

–Creí que podríamos charlar un poco –se atrevió a decir muy bajito.

–¿Sobre qué? ¿No lo has dicho ya todo? Te has encerrado en tu castillo, y no piensas dejar entrar a nadie, y menos al hermano del hombre que crees que ha arruinado tu vida.

–¡Ha arruinado mi vida!

–¡Pero eso pertenece al pasado! ¿No lo ves? ¿O es que te has acostumbrado tanto al papel de víctima, que estás empezando a disfrutar de él? ¡No sé por qué me estoy molestando en tener esta conversación contigo! Vete a la cama –le dijo, y pareció ir a cerrar la puerta.

–¡No! –gritó Vicky–. ¡No lo hagas!

–¿El qué? –le preguntó, mirándola sin compasión.

–Cerrarme la puerta. ¡Por favor!

–Dame una buena razón para no hacer lo mismo que tú me has hecho a mí.

Vicky se dio cuenta de lo herido que estaba, y su vulnerabilidad le hizo sentir ternura. No había querido hacerle daño, tan solo protegerse para que no volvieran a herirla.

–¿No me vas a dejar entrar? –le preguntó, y le puso una mano en el pecho. Sintió la rigidez de su cuerpo, pero no retiró la mano. Necesitaba sentir el calor de su piel a través de la camisa. Entonces, Max se apartó para dejarla entrar.

–Pasa, y cierra la puerta.

Max se sentó en el sofá, y ella en el borde de la cama con las manos en el regazo.

El ruido monótono que hacía el aire acondicionado solo contribuía a intensificar el silencio que reinaba entre ellos.

Max se pasó las manos por la cara, y esperó a que Vicky empezara a hablar.

–Nunca tuve la intención de hacerte daño. He venido aquí, como me pediste, y he tratado de no acaparar la atención de Chloe. ¡De hecho casi no la he visto en estos días!

–¡No estamos hablando de Chloe!

–No –murmuró Vicky–. Supongo... –respiró profundamente–... supongo que tienes razón. Verte me hizo revivir todos los malos recuerdos que tenía de Shaun. Pensé... pensé que ibas a ser como él. Pero enseguida me di cuenta... –calló, al darse cuenta del terreno que empezaba a pisar.

–¿El qué? ¿Qué pensaste? –le preguntó Shaun con una impaciencia que la alarmó casi tanto como antes lo había hecho su acritud.

–Que no te parecías en nada a Shaun. Tu hermano era cruel, sádico, acostumbrado a hacer siempre las cosas a su modo –no pudo seguir sentada. Se levantó torpemente hasta la ventana, y se puso a mirar por ella, sin ver nada.

–¿Y yo? –le preguntó, ya con más suavidad.

–Tú eres completamente distinto a tu hermano. Debí haberme marchado cuando todavía podía. Quise hacerlo, pero...

–¿Pero, qué?

–Me... me gustaba el trabajo. Estaba harta de hacer trabajos de poca importancia para pagar las facturas. Sabía el peligro que corría si averiguabas lo de Chloe, pero pensé hacerlo solo por un tiempo, disfrutar del trabajo, y ahorrar un poco de dinero para Chloe y la casa. Y entonces...

–Tu pasado apareció de repente para morderte la mano cuando menos te lo esperabas –le dijo con sarcasmo, y Vicky lo miró enfadada. No le cabía duda de que le estaba haciendo las cosas difíciles a propósito, pero no podía hacer nada para evitarlo.

–Sí –se limitó a responder.

–Entonces, ¿para qué has venido? ¿Para cerciorarte de que es cierta la creencia de que la confesión es buena para el alma? ¿Vas a añadir alguna lamentación más sobre tu pasado a la letanía que ya he oído?

—He venido para decirte que me he comportado como una estúpida —admitió con un suspiro, y esta vez, al mirar a Max, se dio cuenta de que la miraba de un modo distinto, aunque no dejó traslucir ningún sentimiento en su tono de voz.

—¿Ah, sí? ¿Y por qué?

—Porque... —casi no era capaz de hablar, asustada de lo que podría hacer Max si le confesaba que estaba enamorada de él. ¿Se enfadaría? ¿Se sentiría turbado? ¿Retiraría su oferta de matrimonio, al darse cuenta de que ahora había sentimientos por medio que podían alterar el conveniente arreglo que le había propuesto?

—¿Por qué? —insistió Max.

—He estado pensando en lo que me ofreciste. Ya sabes... tu proposición...

—¿Qué te hace pensar que aún la mantengo? —le dijo con indiferencia, aunque sin dejar de mirarla.

—Lo siento... Pensé...

—Pero, vamos a ponernos en el hipotético caso de que aún la mantuviera.

—Bien, pues hablando hipotéticamente —dijo Vicky, cada vez más nerviosa—, me he dado cuenta de que quiero aceptarla. He visto lo bien que te llevas con Chloe... A no ser que seas muy buen actor...

—Yo no finjo cosas que no siento —le dijo tajante, y Vicky tuvo ganas de preguntarle qué sentía por ella, aparte de deseo.

—En ese caso, creo que podría ser buena idea, aunque no sea la situación ideal... Pero podría funcionar...

—Yo también he estado pensando, y no me puedo casar contigo, Vicky.

Al oír aquellas palabras, Vicky se sintió como si le hubieran echado un cubo de agua fría encima.

–Bueno, muy bien –dijo, tratando de ocultar su desesperación–. De todos modos... ha sido una estupidez por mi parte volver a traer a colación tu proposición. Cuando... cuando regresemos a Londres, pensaremos en algo. Sé que a Chloe se le rompería el corazón si no te volviera a ver...

–¿No quieres saber por qué he cambiado de opinión?

–No... La verdad es que me basta con saber que... que lo has hecho –dijo con tristeza.

–Yo también he estado pensando –se echó hacia adelante, y tras apoyar los codos sobre las rodillas, se pasó los dedos por el pelo, y se quedó mirando al suelo.

–De verdad que no necesitas darme ninguna explicación –insistió Vicky, deseando desaparecer de allí lo antes posible.

–Quiero dártela –la miró un momento, y después siguió con la vista en el suelo.

Se hizo un silencio que duró varios minutos, hasta que Vicky no pudo más, y dijo impaciente:

–Pues habla entonces.

–He estado observando la relación tan estrecha que mantienes con tu hija... y creo que tienes razón al decir que el matrimonio y la familia es algo más que una proposición de negocios. Es verdad que siempre había sido escéptico sobre el amor, porque he visto a demasiados amigos míos empezando con mucha ilusión y terminando por no hablarse. Tu relación con Shaun era otro ejemplo de cómo las emociones no te llevan a ningún sitio. Por lo menos eso era lo que pensaba, porque el hecho es que ahora creo que sin el amor el matrimonio no tiene ningún valor, y puede ser un infierno –suspiró, y la miró–. Por eso he cambiado de idea.

–¿Estás tratando de decirme que no me amas? –casi le gritó Vicky, tratando de terminar con una situación que amenazaba con abrumarla.

Pero en vez de encontrar el alivio que necesitaba en una respuesta suya, Max guardó silencio.

–Yo no he dicho eso.

Sus palabras cayeron sobre el silencio como una bomba. Lo primero que pensó Vicky fue que no había oído bien, después que había entendido mal. Sus mejillas tenían un rubor inhabitual en él, y le estaba sosteniendo la mirada, como esperando a que ella dijera algo.

–Entonces, ¿qué es lo que has querido decir?

–Que te amo, y no quiero que tengas que pasar por un matrimonio en el que solo una de las partes está enamorada. Pensé que –volvió a bajar la vista y centrarla en sus uñas– que podría demostrarte cuánto... cuánto, bueno.... ya sabes lo que quiero decir... –dijo con la voz temblorosa, como si cada palabra le supusiera un gran esfuerzo, y ruborizándose cada vez más–. Pero... pero no lo he conseguido... y...

–Entonces, ¿estás diciendo que me amas? –le preguntó Vicky con el corazón latiéndole a toda prisa, y sin poder dar crédito a lo que estaba oyendo.

–Estoy diciendo que te amo, Victoria Lockhart –afirmó Max con la voz muy tranquila, y sin dejar de mirarla a los ojos.

Vicky sonrió, y fue a sentarse con él en el sofá.

–¿Te importaría repetírmelo varias veces? No me lo puedo creer.

Max siguió mirándola pero, de repente, en sus ojos

volvió a aparecer el brillo burlón que solía estar presente en ellos.

—¿Y por qué iba a hacerlo?

—Porque me da la sensación de haberme pasado la vida buscándote, y necesito que me digas que correspondes al amor que siento por ti. Te olvidas de que soy una mujer que ha sufrido muchas decepciones...

—Bueno, pues tendrás que pagar un pequeño precio...

—¿Qué tipo de precio? —le preguntó Vicky, con aparente inocencia, aunque en sus ojos brillaba una sonrisa maliciosa igual que la de Max, que la sujetó por la nuca, y empezó a besarla apasionadamente.

—El matrimonio es el precio —le respondió, y siguió besándola, hasta que ella, riendo, trató de separarse de él para poder hablar.

—No es necesario —le dijo Vicky, muy seria, aunque con la cara muy roja. Apoyó las manos en el pecho masculino, y pudo sentir lo rápidamente que le latía el corazón. Max enredó entonces los dedos en sus cabellos a la altura de sus sienes, y comenzó a acariciárselas con los pulgares, pasando después a los ojos, y a las mejillas. Los pequeños pechos femeninos se morían por recibir las mismas caricias seductoras—. Ya sé que fue tu sentido de la responsabilidad lo que te llevó a pedirme en matrimonio en un primer momento, pero...

—Si tú supieras —le dijo Max mientras le acariciaba el esbelto cuello, y descendía después lentamente hasta el escote de Vicky.

—Si yo supiera, ¿el qué? —no pudo evitar dar un respingo al notar cómo, de repente, Max le sacaba los pechos por encima del sujetador de encaje, y le acariciaba los erectos pezones con los pulgares.

—Cuando te pedí en matrimonio —le dijo, dejando

de acariciarla, para que lo escuchara con atención–, lo deseaba de verdad. Quería casarme contigo, y estaba dispuesto a hacer cualquier cosa para conseguir tu amor. Y ahora, amor mío –continuó acariciándole los pezones, y Vicky sintió que todo su cuerpo se estremecía–, no pienso dejarte marchar. Nunca –bajó la cabeza, para deslizar la lengua suavemente por la punta de uno de los pezones, trazando círculos, rozándolos, hasta que la respiración agitada de Vicky se transformó en gemidos de placer–. Quiero casarme contigo con la misma intensidad con la que deseo que Chloe se convierta en mi hija...

Le chupó el otro pezón, durante el tiempo suficiente como para que Vicky no pudiera más, y se recostara en el sofá. Max aprovechó para acariciarle los muslos, ascendiendo después, lentamente, hasta la parte femenina más íntima, hambrienta ya de sus caricias.

–Y entonces, ¿quién sabe? –al mirarlo, Vicky se dio cuenta de que la pasión y la ternura le habían oscurecido sus ojos grises–. ¿Más niños? –metió la cabeza entre los senos femeninos, y Vicky se dio cuenta de que sonreía–. Si pensabas que habías conocido al típico ejecutivo, te equivocabas, porque nunca me ha parecido algo tan interesante como que me conviertan en un hombre hogareño...

–¿Me estás diciendo que he domesticado a un tigre? –preguntó Vicky, completamente feliz de tenerlo apoyado en sus senos.

–No –le respondió Max mientras se movía para desabrocharse la cremallera de los pantalones–. No del todo. En algunos aspectos, amor mío, nunca serás capaz de domesticarme...

Bianca®...
la seducción y
fascinación del romance

Nó te pierdas las emociones que te
brindan los títulos de Harlequin® Bianca®.

¡Pídelos ya! Y recibe un descuento especial por la
orden de dos o más títulos.

HB#33547	UNA PAREJA DE TRES	$3.50	☐
HB#33549	LA NOVIA DEL SÁBADO	$3.50	☐
HB#33550	MENSAJE DE AMOR	$3.50	☐
HB#33553	MÁS QUE AMANTE	$3.50	☐
HB#33555	EN EL DÍA DE LOS ENAMORADOS	$3.50	☐

(cantidades disponibles limitadas en algunos títulos)
CANTIDAD TOTAL $ _____
DESCUENTO: 10% PARA 2 Ó MÁS TÍTULOS $ _____
GASTOS DE CORREOS Y MANIPULACIÓN $ _____
(1$ por 1 libro, 50 centavos por cada libro adicional)

IMPUESTOS* $ _____

TOTAL A PAGAR $ _____
(Cheque o money order—rogamos no enviar dinero en efectivo)

Para hacer el pedido, rellene y envíe este impreso con su nombre, dirección
y zip code junto con un cheque o money order por el importe total arriba
mencionado, a nombre de Harlequin Bianca, 3010 Walden Avenue, P.O. Box
9077, Buffalo, NY 14269-9047.

Nombre: _____

Dirección: _____ Ciudad: _____

Estado: _____ Zip Code: _____

Nº de cuenta (si fuera necesario):_____

*Los residentes en Nueva York deben añadir los impuestos locales.

Harlequin Bianca®

CBBIA3

Entre ellos había surgido una pasión arrolladora... pero era demasiado tarde, ella estaba a punto de casarse con otro.

Seis años después, el marido de Cat ya no era ningún impedimento y ella necesitaba la ayuda de Nick. Le había llegado la oportunidad de dar rienda suelta al deseo que llevaba años sintiendo por aquella mujer...

Pasión despiadada

Robyn Donald

PÍDELO EN TU PUNTO DE VENTA

HARLEQUIN
Deseo

UNA CENICIENTA
MODERNA
Cathleen Galitz

El guapísimo multimillonario William Hawk se encontraba atrapado en un tornado... ¡un tornado llamado Sally McBride! Aquella maravillosa niñera había conseguido controlar a sus hijos, pero había hecho también que las emociones de Hawk se descontrolaran por completo. Un irreprimible deseo se estaba apoderando de él. Lo único que tenía que conseguir era mantener aquella lujuriosa tentación lejos de su dormitorio... ¿Pero cómo podría mantenerse alejado de aquellos ojos?

Sally se sentía transformada. Cuando Hawk la tenía entre sus brazos la hacía sentirse la mujer más bella del mundo. Con sus años de experiencia, aquel hombre había conseguido hacer de ella una verdadera mujer... ¿Podría ella hacer que él se convirtiera en un marido?

PÍDELO EN TU PUNTO DE VENTA